Edition Akzente
Herausgegeben von
Michael Krüger

Philippe Jaccottet
Fliegende Saat

Aufzeichnungen 1954-1979

Aus dem Französischen von
Sander Ort

Carl Hanser Verlag

Titel der Originalausgabe
La Semaison
Carnets 1954-1979

Die Auswahl dieses Bandes wurde vom Autor selbst besorgt.

1 2 3 97 96 95

ISBN 3-446-17316-1

Umschlag: Nach einem Entwurf von Klaus Detjen
unter Verwendung eines Bildes von Paul Cézanne
»Das Gebirgsmassiv Sainte-Victoire« (1900-1902)
Gesamtherstellung: Friedrich Pustet Regensburg
Printed in Germany

Diese Luft, unsichtbar,
trägt Vögel in der Ferne,
und Samen an den Waldrand,
von Künftigem vielleicht die Kerne,
fast schwerelos verweht;

und doch so, wie das Leben geht,
immer nach unten.

1954

Mai

Das Haften am eigenen Ich macht das Leben undurchsichtiger. Ein Augenblick wahrer Selbstvergessenheit, und alle Trennwände werden eine nach der andern transparent, so daß der Blick in der Klarheit des Raumes vordringt, so weit das Auge reicht; und gleichzeitig gibt es nichts Lastendes mehr. Die Seele verwandelt sich dann wirklich in einen Vogel.

1955

Januar

Die zarten Gräser – beladen mit Schnee. Er fällt wirbelnd wie Ahornsamen, sinkt wie ein einziges weißes Samenkorn, breit, lautlos, auf das Dorf.

Oder der schmale Mond über dem feinen, schwarzen Gezweig.

1956

September

Wie der Mond der Spiegel der Sonne, ist das Wasser Licht, das in die Erde eindringt, ein frisches Licht, ein Septemberhimmel.

Der Stern ist ein Wasserfeuer, ein eisiges Feuer.

Alles wird blau wie unter aufgelöstem Haar ein von Verlangen oder Kummer verdunkeltes Gesicht.

Alles wird blau, vor allem die Berge in der Ferne. Weniger weit entfernt erkennt man noch Felsen und Bäume, die heller sind als die andern.

So etwas wie eine zärtliche Windstille ist eingetreten.

Oktober

Schilf: wie seine samtenen Kolben aufbrechen und langsam einen Schwall von Samenkörnern, eine Krause, hervorquellen lassen, in völliger Stille. Das menschliche Gebären: Klage, Blut.

In absoluter Stille, mit sanfter, unwiderstehlicher Langsamkeit, reißt die Pflanze auf und verstreut sich: dem Wind anvertraut.

1958

Mai. Mallorca

Abends, Baumgärten, Mandelbäume; ihre schwarzen Stämme. Hohe Palmenbüsche, wie Haufen von grünen Fächern. Kiefernwälder und jenseits von ihnen die dunklen Berge. Oder auch das Blau des Meeres zwischen den Baumstämmen und dem Laub, doch das Wort Blau genügt nicht, ist zu sanft, man ist fast versucht, von Schwarz zu sprechen, doch auch das wäre falsch. Ein Blau, das sich angesammelt, konzentriert hat, massiv, wie eine Mauer. Jedenfalls nichts, das offensteht. Ein blauer Reichtum. Nichts Reges, auch nichts Funkelndes. Auch kein Fleck. Intensiv, aber ruhig, bewegungslos, undurchsichtig, tief. Eine blaue Gegenwart, so stark wie die Erde, ebenso schwer, ebenso reich, aber aus einem Guß, ohne Einzelheiten. Die ganze Landschaft erscheint überhaupt reglos, wenn auch von Luft durchströmt, betrachtet man sie so aus einem Gehölz heraus – zugleich stark und leicht, vibrierend und still, machtvoll ohne Ostentation, eher aufrecht als hingestreckt.

Die Pflanzen: alt, hart, stachlig, aber nicht mager wie in der Provence. Ein ruhiger, kraftvoller Reichtum, keine Schreie, aber auch kein Flüstern. Nicht die geringste Spur von einem Fluß oder von fließendem oder hervorsprudelndem Gewässer, und dennoch keine völlige Trockenheit. Eine Hitze, die ebenfalls voller Kraft und Beständigkeit ist, der aber das Meer in Ruhe Luft zufächelt.

Eine wohlgeordnete Ansammlung starker, reicher und ruhiger Kräfte. Eine machtvolle Heiterkeit. Breite Grundfesten. Ein Glanz, der sein Machtwort spricht, ohne je laut zu werden.

Lichte Monumente, ausgedehnte Anwesen, über die der Wind hinzieht. Nichts Aufgeblasenes. Blechinstrumente Gabrielis. Gold vielleicht, kein Schmuck.

Das Haus ist hier in dieser Jahreszeit bloß eine Vorratskammer voll Schatten, eine kleine Festung gegen das Sonnenmeer, ein Wasserturm, ein Turm der Frische. Ringsum Bogenschützen, Brustpanzer, Banner. Über dem Meer ein großer Waffenlärm. Bild, für einen Moment möglich, das zu durchqueren, auszulöschen ist.

Reichtum, Macht jenseits der Mauern: regungslose, beständige Kraft, gelassene Autorität des Raumes, mechanisches Geräusch des Meeres, man könnte fast die unendliche Leichtigkeit eurer Last vergessen.

Der Wald, tönend.

Die Felsen. An manchen Stellen sind sie wie die Blätter eines Aktenbündels, die eine riesige Hand heftig zusammengedrückt hätte, wie die Seiten eines Buchs unter der Druckerpresse, bevor sie gebunden werden. Häufiger liegen sie in großer Unordnung da, in allen Richtungen vom Meer ausgehöhlt, durchlöchert, herumgeworfen, zerbrochen. Zwischen dem beweglichen Glanz des Meeres und der fruchtbaren Ruhe der Böden.

Pflanzen, die dem Wind widerstehen, die nur mit ihrer Spitze erzittern können.

Das Anprallen einer erbitterten Macht gegen eine ganz regungslose, die in niedrigem, unermeßlichem Schweigen verharrt: an dieser Grenzlinie entsteht ein weißes Feuer, eine Explosion von Wassertropfen, eine jähe Blüte, die augenblicklich verwelkt. So nutzt uns die Zeit ab, und unsere Arbeiten sprühen eine Weile Funken unter ihren Schlägen.

Dezember

Kurz vor acht, bei völlig bedecktem Himmel, ist die Welt ein einziges Braun, ein Tisch aus Erde. Hier brennt eine Lampe weiter an der Straße, gelb wie eine Sonne ohne Strahlen, dort öffnet sich eine Tür, golden, und ein Schatten schaut nach dem Wetter, wie es gleich sein wird über dem Garten.

*

Die beweglichen, durchscheinenden Sternbilder des Regens auf den Fensterscheiben; in der Ferne sind es nur noch dahinziehende Schleier, Vorhänge, die sich schließen. Der unregelmäßige, stoßweise Atem des Südwinds, der mechanische Nordwind.

1959

Januar

Eis, Transparenz, Sonne. Wenige Wolken, klein, an den Bergen festgehalten. Alles ist geläutert, die Ornamente sind abgefallen, allein die wesentlichen Formen bleiben übrig. Morgens ist die Erde des Gartens hart; als hätte ein eiskalter Tau sie getroffen. Den ganzen Tag über bleibt der Boden etwas feucht. Traum, eine Gedicht zu schreiben, das so kristallin und so lebendig wäre wie ein musikalisches Werk, von dessen Reinheit ein Zauber ausginge; doch ohne Kälte; Bedauern, nicht Musiker zu sein, nicht deren Kenntnis, nicht deren Freiheit zu haben. Eine Musik aus alltäglichen Worten, vielleicht hier und da durch eine Appoggiatur, einen lichten Triller gehöht, ein reiner, stiller Genuß für das Herz, mit gerade soviel Melancholie wie nötig, wegen der Zerbrechlichkeit von allem. Ich bin mehr und mehr davon überzeugt, daß man, wenn man dessen fähig ist, nichts Schöneres geben kann als jene Musik, die einen nicht durch das, was sie ausdrückt, so tief anrührt, sondern allein durch ihre Schönheit. Nichts wird durch sie erklärt, aber eine Vollkommenheit gegeben, die jede Möglichkeit, etwas zu erklären, übersteigt. Racine manchmal, Petrarca, Góngora blitzartig, Labé? Arnaud Daniel? Scève?

*

Die Margerite Schnee am Gipfel
hat aufgehört zu leuchten: alles Licht
ging über auf den spitzen Mond.

Februar

Morgens Graupelschauer.

Abends, nach dem unausgesetzten Schneien, eine weiß-braun-schwarze Landschaft, wie man sie hier selten sieht. Diese ganz leichte Last auf den Bäumen – als blickten wir durch Tüll. Eine kindliche Ausgelassenheit erfaßte das ganze Dorf: die Alten warfen Schneebälle.

März

Vögel im Regen. Blühende Bäume im Regen. Die Luft wie eine einzige Fensterscheibe, leise in ihrem Rahmen bebend. Die ersten Knospen der Kastanien. Goldlack, Anemonen.

Oktober

Heute abend goldenes Licht in der kalten Luft. Wie schnell es die Bäume verläßt und sich bis an die Wolken schwingt, die der Wind davonträgt. Im Garten die welken Blätter der Akazie, blaßgelb, die ersten, die fallen: jeden Tag liegt eine Menge davon auf dem Boden. Die des Kaki-Baumes verwandeln sich mit größerem Glanz, größerer Langsamkeit, Komplexität, während die Früchte reif werden. Der Pfirsichbaum, obwohl noch grün, beginnt sich zu lichten. Der große Weinstock der Terrasse ist fast ganz seines Laubes entblößt, alt, krank. Farben der Herbstmargeriten (kleine Chrysanthemen), in schönem Einklang mit der Jahreszeit. Ein Strauch von oben bis unten rosa.

Jetzt schlägt im Gold ein Rosa durch, und das Grün der Felder, der Bäume wird dunkler, ihr Gelbgrün geht in ein Blaugrün über. Pfeile des Windes. Die Landstraße hat die Farbe von Wasser, von Schiefer. Einige Wolken sind schon wie Rauch. Intimität des Lichtes im Zimmer, auf dem weißen Papier, das seinerseits fast rosa geworden ist. Bücher und Dinge in Schatten eingeschlagen. Nichts als der Laut des Windes und der Worte.

Gleich macht die Nacht es unmöglich, ohne Lampe zu schreiben. Der Tag bewohnt nur noch die höchste Zone des Himmels. Wir wenden der Sonne den Rücken zu.

Die Wolken malvenfarben, lila. Das Papier beinah blau. Ein verlöschendes Feuer. Ich erkenne kaum noch die Wörter.

Auf der anderen Seite des Himmels zeigt sich noch Gold; während im Osten das Blau zunimmt. Gold-Silber. Tag-Nacht.

Erneut das Ornament erheben über die Nacht, über den Abgrund. Geträumtes Ornament: zugleich Kalkül und reines Klingen, fest geformt und gedämpft, geräumig und verborgen. Vorbildlich: Hölderlin, Leopardi, einige Gedichte Baudelaires.

Leichte Bewegung im Grenzenlosen. Vögel. Weitere Beispiele, die schönsten vielleicht, bei Dante: *Dolce color d'oriental zaffiro* ... Doch heute kein Thomismus mehr, keine geheiligten Zahlen, usw. Einsamkeit, Verlassenheit, Bedrohung; um so sanfter gleitend der Saphir.

Vorbehalte (natürlich absurd!): hinsichtlich der Allegorien und der Gedanken Leopardis, der Gespanntheit Hölderlins, der Attitüden Baudelaires.

Etwas anderes sollte vielleicht versucht werden, das Leichtigkeit und Ernst, Wirklichkeit und Geheimnis, Detail und Tiefe zusammenklingen ließe – nicht besänftigt, sondern lebendig. Das Gras, die Luft. Visionen – kaum erschaut, schon vorbei, unendlich zerbrechlich und schön (wie von einer Blume, einem Juwel, einer Goldschmiedearbeit), in der erstaunlichen Weite des Raums angesiedelt. Sterne und Nacht. Ein Sprechen, weit und flüssig, ein Luftraum, in dem, unaufdringlich, da und dort Juwele der Sprache aufleuchten. So wie manchmal etwas, immer wieder dem Blick entzogen, im Nebel vorbeizieht. Oder man ist über eine bescheidene Arbeit gebeugt, und auf einmal wird man der Tiefe des Raums und der Zeit inne.

November

Naive Fragen. Wie kommt es, daß dieses schön ist und jenes nicht? Eine unmittelbare und bei der Arbeit häufig zu machende Erfahrung: dies lügt, und das da lügt nicht, oder lügt weniger. Also eine Ordnung, also eine Hoffnung?

Leopardi behauptet, die Schönheit sei ein Trugbild, ein Köder. Aber wie kommt es, daß es sie gibt, daß er sich ihrer Macht gefügt hat, daß er ihr so gut diente? Wie kann man leugnen, daß sie etwas Wesentliches sagt, wie kann man sie mit irgendwelchen Lügen auf eine Stufe stellen? Muß man das Zweifeln so weit treiben? Selbst wenn alles uns entgegenarbeitet und uns abnutzt, das Nahe und das Ferne?

*

Es ist nicht gesagt, daß die Moderne, bei allem, was sie an Negativem enthält – eine ungeheure Masse, die den Himmel verstellt –, uns nicht auch eine glückliche Lehre erteilt: daß wir Kinder der Zeit sind und daß uns alles von ihr gegeben wird; alle Gegensätze, unauflösbar; und daß wir aus dem Widerspruch weder heraustreten sollen noch können, ja verhindern müssen, daß eine der beiden gegensätzlichen Positionen die Oberhand gewinnt.

Das Seltsame unserer Lage: es kommt in ihr zu keinem substantiellen Fortschritt, da man sich nie einer endgültigen Antwort nähert. Wir wissen, daß wir keine Antwort erhalten können, und wir fragen dennoch weiter, weil das Fragen wesentlich zu unserer Natur gehört. Das Seltsame liegt, genauer betrachtet, darin, daß keine Erfahrung, religiöser oder philosophischer Art zum Beispiel, je für die anderen gemacht wird; sie muß von jedem einzelnen wieder erlebt werden, um überhaupt etwas wert zu sein, und es ist also stets von neuem zu beginnen.

Daher der irritierende Eindruck des Auf-der-Stelle-Tretens: »Seinesgleichen geschieht«, sagte Musil.

So steht es auch, zum Beispiel, mit der Intuition, in der zahlreiche Gedichte ihren Ursprung haben. Jemand sagt etwa: »Mir war auf einmal, als wäre mir die Ordnung der Welt entschleiert worden«, oder auch: »Ich verstand die Sprache der Vögel«, oder: »Der Schleier, der uns gewöhnlich von der Wirklichkeit trennt, zerriß.« (Dies ist auch ein Thema der Märchen.) Es handelt sich hier offenbar um eine Erfahrung, ein nicht zu bezweifelndes *Faktum* (das man für trügerisch halten kann, das jedoch nichtsdestoweniger sich ereignet); diese Erfahrung nimmt verschiedene Formen an, ihr Ergebnis aber ist stets das gleiche. Sie wurde gemacht, seit es Menschen gibt, und es ließen sich in den mystischen, philosophischen oder rein literarischen Texten Hunderte von Beispielen finden. Man könnte einwenden, diese Erfahrung sei ein *Trugbild:* doch wie ist dieses Trugbild möglich, und sollte es nicht auch als Trugbild seinen Sinn haben?

Dieses Trugbild oder diese Eingebung, diese Offenbarung oder dieser Traum stellt der Unordnung eine Ordnung, der Leere eine Fülle und dem Überdruß staunende Bewunderung, Hoffnung, Begeisterung entgegen. Wie soll man glauben, es sei gänzlich sinnlos, daß der Mensch von einem Bedürfnis nach Ordnung, in den verschiedensten Bereichen, geradezu besessen ist? Und haben wir nicht die Pflicht, oder zumindest das Recht, auf dieses unwiderstehliche sehnsüchtige Verlangen tief in uns zu hören, als sagte es wirklich etwas Wichtiges und Wahres? Zeugt es nicht von Beschränktheit, sich zu weigern, an das Rätsel zu glauben, das uns anzieht und vorausleuchtet? Ist es richtiger, nur Gebeinen Glauben zu schenken, nur der Zerstörung? Wenn wir fügsamer wären, strömte uns da nicht, in uns, ein Mehr an Leben zu? Bleiben wir lieber unserer unmittelbaren Erfahrung treu, statt auf alles hören zu wollen, was ihr von außen widerspricht.

*

Von der Ungewißheit ausgehend, dennoch fortschreiten. Nichts Feststehendes, denn wäre nicht alles, was ein für allemal feststeht, eine Lähmung? Die Ungewißheit ist das Treibende, das Dunkel ist die Quelle. Ich gehe, weil da kein Ort ist, ich spreche, weil mir Gewißheit fehlt; und dies beweist, daß ich noch nicht tot bin. Solange ich stammle, bin ich noch nicht ganz niedergestreckt. Was ich gemacht habe, ist mir zu nichts nütze, selbst wenn es Zustimmung fände, als eine erreichte Stufe gelten könnte. *Der Dichter, ein Magier der Unsicherheit ...*, ein treffendes Wort von René Char. Ich atme, weil ich immer noch der Unwissende bin. *Unstete Erde, schrecklich und zart,* sagt Char an anderer Stelle. Nichts erklären; es treffend aussprechen.

Wie aber von neuem beginnen? Hier liegt die Schwierigkeit. Über welchen Umweg, welchen Seitenweg? Durch welche völlige Unwegsamkeit? Vom Kargen ausgehen, von der Schwäche, vom Zweifel. Sich stützen auf das Vergessen des Getanen, auf die Geringschätzung dessen, was gemacht und beklatscht wird, was man den Schriftstellern heute nahelegt oder dringend anrät.

Vor allem, sich widersetzen – der allgemeinen Verflachung der Seelen. Der Prunk der Fürsten, die glänzenden Rüstungen der Ritter: abgetaner Plunder; nicht so ihr Stolz, ihre Verweigerung, sich gemein zu machen. Es gibt keine Poesie ohne hohen Sinn. Dessen zumindest bin ich sicher, und durch diese Gewißheit stark, in Ermangelung einer anderen Stärke. Doch keine Schlösser und Paläste: die Straßen, die Zimmer, die Wege, unser Leben.

*

Simone Weil: *Jedesmal, wenn man wirklich aufmerksam ist, zerstört man etwas Böses in sich ... Die Aufmerksamkeit besteht darin, das Denken auszusetzen, den Geist verfügbar, leer und für den Gegenstand offen zu halten, die verschiedenen bereits erworbenen Kenntnisse, die man zu benutzen genötigt ist, in sich dem Geist zwar nahe und erreichbar, doch auf einer tieferen Stufe zu* *erhalten, ohne daß sie ihn berühren ... Die kostbarsten Güter soll man nicht suchen, sondern erwarten.* *

*

Herbst, Regenfeuer, altes Feuer, Scheiterhaufen. Schrott, Holz und Nebel. Rost, Asche, Morgenhelle aus Asche, verlöscht. Fest, das zu Ende ging, zerrissener, verwaschener Schmuck. Nebelschwaden waffenstarrend unterwegs, über Felder und Gärten hin. Die Pflugschar des Frosts dringt vor, glänzt auf. Der Schatten, aufrecht dahinter, pflügt.

... Trotzdem habe ich die Äcker, die Bäume, die Täler wiedergesehen – wie sie immer waren in dieser Jahreszeit, wenn sich in einer Reihe von regnerischen oder windigen Tagen ein schöner Tag einstellt. Ich habe das schwache Licht des Herbstes auf den Stämmen der Eichen wiedergefunden, und jenes goldene Summen unter ihrem Laub, das von starken Armen oder gewundenen schwarzen Säulen gestützt wird; auch die gelben Pappeln, die regungslos ein unsichtbares Wasser säumen; und die Hebungen und Senkungen der Erde, die fast nichts mehr verschleiert; die Felsentische zwischen den niedrigen Bäumen, im dornigen Gesträuch, wo sich Dunkelgrün und Rotbraun mischen; und den Glanz des eben Gepflügten. Tauben fliegen auf, als würde geklatscht oder wie Wäsche im Wind, und zwei sind weißer als alle anderen, schreiben die reine Linie ihres Flugs in das Blau des Himmels. Dann wird die Sonne von den Wolken am Horizont leicht verdeckt, alles wirkt fast schon dunkel, und die Kälte fährt wie eine Sense über die Landschaft. Hier und da steigt Rauch auf in der Ferne.

* Das Unglück und die Gottesliebe. Aus dem Französischen von Friedhelm Kemp, München 1953.

Mit dieser Leere im Herzen sprechen, gegen sie ansprechen. Akazientriebe, die sich vom fast blauen Weiß des Himmels abheben. Ein mit dem Verbrennen von welkem Laub, dem Ausreißen von Unkraut Beschäftigter.* Vielleicht sich darauf beschränken.

Diese Triebe mit ihren letzten, feinen, bleichen Blättern. Beginnender Winter.

*

Regensäulen wandern, verfallender Regen,
Verfall ist alles, auch der, der ihn ausspricht –
nichts hoffend bekämpft er ihn dennoch, so gut er kann,
oder hält ihn auf, entreißt ihm ein wenig feurigen Glanz.

*

Mich von Schatten nährend, spreche ich
und lange kauend an der magern Kost der Finsternis,
arm, schwach, an die Ruinen des Regens gelehnt,
stütz ich mich auf das, woran ich nicht zweifeln kann:
den Zweifel. Das Unbewohnbare bewohnend,
blick ich hinaus. Ich fange an zu murmeln
gegen den Tod – der mir diktiert. Zusammenbrechend
behalt ich den Zusammenbruch im Blick, den Glanz auf ihm,
und sehe, wie die Erde sich zur Ferne streckt,
den ganzen tiefen Raum des Alters, hier und da
von etwas unerträglich Sanftem aufgehellt –
ein Flügel unter dunklen Wolken hin.
Dunkel öffnet mir die Augen, und vom Grund des Tages

* Anm. d. Ü.: »Schilfmäher/Beschäftigter mit Binsenwahrheiten – vor dir der Schnee, /.../ die Unbesambarkeit der Weite.« G. Benn, *September*. Jaccottet erwähnt das Gedicht (Seite 125).

näher schwebend bringt mich das Unmögliche
nicht zum Schweigen, auch die Asche nicht,
die in mir den Sieg davonträgt und sich grausam
in neuen Wendungen erhebt; ich schreib sie auf.
Besser als nichts. Und in den alten Worten
irr ich herum, in den Ruinen alter Verse.
Nichts, das den Weg mir zeigte und mich aufrecht hielte,
nichts als die Kraft des Irrtums, als ein Schatten,
der schweigt und keine Lampe trägt.

*

Wie am Ende einer zu langen Geschichte,
wenn es nur noch zerbrochene Säulen gibt und Ratten
in den Bannern –
soll man da verzweifeln,
wo doch die Lügen wieder
ihre Zerbrechlichkeit erfahren.
An die Säule des Regens gelehnt,
rühme ich die Kraft des Windes.

*

Von der unabsehbaren Finsternis noch gestützt
und im Rücken geschoben von der rohen Nacht,
am Ende meiner Kraft in der November-Frühe,
seh ich die Pflugschar der Kälte, die vordringt und gleißt,
und dahinter im stärker gewordenen Licht
den Schatten, der pflügt.

*

Für jenen Schatten spreche ich,
der sich am Ende des Tages entfernt.
Oder wird er, ferner rückend, von selbst zu Gesang,
während sein Schritt die Felder dunkel zurückläßt,
zu Worten, so zart wie die Ferne?

Woher diese Luft, die anders als Luft schwingt,
schon eine Melodie –
wenn nicht aus einem Riß der Erde selbst,
aus ihrer Entfernung.
Die Stunden fügen sich, flüstern mit ihr, beredt,
im Untergang mehr Lied als Klage. Nach und nach
verlöschen Bäume, Häuser, Blumen,
bis zu den Wegen, wo der Schatten stetig steigt:
den Abstand schätzend an dem Pfeil der Strömung.
Und wo er sich zuletzt dem Blick entzieht,
kaum höher als die Stelle,
wo der so Folgsame verschwand,
schwebt noch der Hauch eines Berges.

*

Ich leg dir's in die Hand, die nichts mehr tasten wird,
nichts Rauhes und nichts Glattes hier auf Erden:
dies Blatt. Kaum einem Flügel gleichend, kaum dem Pfeil, der hell
vorausfliegt, auch der Lampe, auch der letzten Münze nicht.
Gegen die Gier des Abgrunds hält es nur die Kraft des Unsichtbaren.
Herausfordernd im Einsturz-Donnern. Etwas sagend,
was man nicht sehen und nicht glauben kann
und weder gradewegs noch durch ein Bild behaupten.
Und dennoch schenke ich dir dieses Blatt.
So wie die Spur im Schnee »verstreut, vorüber« sagt,
bezeugt's, daß jedes Lächeln noch verging
und keines aufkommt hier, es sei denn unterm Beil
der Zeit.

*

Wie wirst du dich halten können in dieser Zerrüttung der Welten,
in Einsturz und Sturm? Unendliche Räume brechen herein,
ihr Siegeszug schreitet durch unsere Ruinen:
völlig Verstörte stehen noch Spalier.
Die Sterntrophäen werden jetzt vorbeigetragen.
Von unsern Träumen, Zufluchtsstätten bleibt nichts stehn.

Worauf den Fuß noch setzen, und woher Nahrung nehmen
für das Herz? Die Welt entgleitet, und die Jahreszeiten
entziehen sich. Die reinsten Linien sind verwirrt.
Gefügte Worte brechen auseinander, andre gehen unter,
andere entfernen sich; doch ist der Grund selbst und
was Ferne ist, nicht mehr zu fassen.

Wird es auch Tränen geben, hell genug,
uns einen Weg durch dieses Land zu höhlen?
Doch wenn's nicht mehr um Wege geht, nicht mehr um Land und Nacht,
die zu durchqueren sind, wenn es kein Land
und keinen Tag mehr gibt und keine Fläche?
Wenn der Tränen Quelle ganz versiegt ist,
wenn der Wind, nein, nicht bloß Wind, wenn Sturm,
wenn jener Sturm in allen Stürmen die geringsten
Worte fortreißt und den Mund mit ihm,
und die Gesichter, die sich seiner Sanftheit zugewandt,
und auch das Sanfte mit – ja, wenn er selbst
das Fortreißen noch mit sich fortreißt,
so wie ein Feuer, das sich selbst ergreift, das alles
in sich schlingt, bis zur Erinnerung an Feuer,
den Namen Feuer und des Feuers Möglichkeit –
wenn sich das Meer zurückzieht
und die Welten sich zusammenrollen

wie ein Zelt beim Abbruch des Lagers?
Niemand vor uns träumte blinderen Traum
und sah aus größerer Nähe weitere Unordnung.

*

Ich sehe das Zeichen des Goldes an der Linde.

Ähnlich, in der Odyssee, das Opfern einer Kuh mit vergoldeten Hörnern.

Etwas, das ergreift, indem es sich abnutzt und verschwindet. Brennendes Holz. In mir, durch meinen Mund sprach nie etwas anderes als der Tod. Alle Dichtung ist die dem Tod erteilte Stimme. Unser Verfall soll loben, rühmen. Unsere Niederlage schallend verkünden.

Ginge ich nicht auf das Ende zu, hätte ich keinen Blick.

Vögel, wendend oder in pfeilgradem Flug – niemand sieht euch als der, der stirbt, der sich abnutzt, der langsam zu Staub zerfällt.

Blick und Stimme des Zerstörten.

1960

Februar

»Dies Samenkorn, dir in die Hand gelegt,
hat, wenn sie einst zerstört ist, noch die Kraft,
dich selbst – um nichts vermindert – zu erhalten.«

Worte, im Letzten unbewandert: darum möglich.
Vertrauend, hier wo Pein und Zweifel walten,
aufs Unbekannte, das den Weg schon strafft.

Vielleicht ist auch der Spruch nicht wahr, zu vage.
Denn nicht um Korn und Gabe kann es gehn.
Verfallen? Brechen? Das ist nicht die Frage.

Was weiter spricht, befremdet erst die Gruft,
um im Verlies des Sinns (den wir verstehn,
der brechen muß) den andern Raum zu ahnen.

Erst solche Sprache hat sich vorgewagt
und kann im Ernst versuchen, durch die Luft
hier einem Samenkorn den Weg zu bahnen.

*

Nur seine Gestalt unterscheidet das Holz von der Erde. Alles ist erdfarben, fast rosig, bis dorthin, wo der Schnee sein Lager aufgeschlagen hat. Ich setze dem Schnee, den schneeigen Knospen des Mandelsbaums ein Feuer aus altem Holz entgegen. Vorfrühling. Wenige Worte nur, hingeworfen, leicht.

Zu sagen wäre hier ein weiter Raum, luftig, bewegt, voll Glanz und rings belebt, über dem Unerschütterlichen, dem Alten, Unvordenklichen, das spärlich nur hie und da ein Gewinde schmückt, ein Lorbeer bekränzt. Ein unbedeckt bleibendes Land, während anderswo im Winter Schnee den Boden verbirgt, die Formen weicher macht. Es gibt wenige Landschaften, wo die Erde, der Boden, die Grundfesten des Geländes sichtbarer sind. Aber der Fels hat nichts Schwerfälliges: er ist ernst, streng, läßt an unbesiegbare Krieger denken, die jedoch frei von Übermut und Gehabe wären, an eine wahre, stumme Kraft – die jene frohe Belebtheit der Luft darüber erst gestattet und läutert.

Das Blühen des Mandelbaums, des Pfirsichbaums, im Vergleich zu dem des Kirschbaums, des Apfelbaums, des Pflaumenbaums, Stolz des Nordens. Das Schäumen ihrer Blütenkugeln über dem hohen, ebenfalls blühenden Gras hat etwas Maßloses, fast Prahlerisches. Während hier die Blüte, Inbegriff der Zartheit, in der noch kühlen Luft, an den nackten Ästen, über der noch nackten Erde (beide fast von derselben Farbe, beide das Rauhe und das unendlich Feine, das Alte mit der zartesten Jugend vereinigend), eines der Wunder der Welt ist. Dies zeigen, dies erfassen: Staub und Blüte, Holz und Seide. Was läßt sich über dieses Weiß, dieses Rosa sagen? Das fleischfarbene Rosa ist anderer Ordnung, um das Wort »Rosa« spielen viele Eindrücke, die hier nicht hingehören, besonders die erotischen.

Denn es handelt sich um das Reinste überhaupt.

So haben auch die Wunden der Bäume nichts von dem Abstoßenden, Erschreckenden der Wunden an Tier und Mensch. Das ist seltsam. Wo beginnt das Grauenhafte? Desgleichen lassen einen weder das Holz noch das welke Blatt vor Abscheu zurückweichen. Das Schaudern vor dem Blut. Was aus den Pflanzen quillt, ist nur eine Träne. Darum haben Vergleiche des Menschlichen mit dem Pflanzlichen etwas Unsicheres – trotz der zu Tausenden überlieferten Metaphern. Novalis: *Unendliche Ferne der Blumenwelt.*

Die ersten Levkojen, ein wenig Gelb nur am Grund der dunkelgrünen Schalen. Wie sich die Weidenkätzchen öffnen, dieser Pelz, aus dem ein beständiges Feuerwerk aufsteigt, fast ein Sternnebel oder Puder. Etwas, das ohne jedes wahrnehmbare Geräusch vor sich geht – auch dies wieder ein Ding, das Staunen hervorruft. Ihr Leben drückt sich ganz in Farben, Formen, Bewegungen aus.

Erste Vogelrufe wie ein Sieden in den Bäumen über mir.

*

Immer wieder der Berg, mit dem letzten Schnee am Gipfel, der über dem Weg nach Les Rebavas erscheint, wie etwas Griechisches, Nest der Schnee-Eule, dünnes Banner oder Stoffstreifen, tibetanisch. Hoch in der leichten Luft diese Stelle, weißer Vogel über den entlaubten Bäumen.

Oder das Knie des Flusses, in einiger Entfernung, unten

am Hang, der nur einen Anflug von Grün zeigt: ein helles Wassergrün ist dort sichtbar. (Es gibt Edelsteine, die diese Farbe haben – Jade, Opal?) Und ein, zwei rege Schaumlinien darauf bezeichnen eine schnelle und doch wie auf der Stelle verharrende Bewegung. Das Wasser des zu Ende gehenden Winters: im Überfluß. Und die nackten Bäume am Ufer, ihre grauen, glatten Stämme mit einem leichten Stich ins Gelbe oder Rosafarbene durch das schwache Licht. Ihr Geäst ist einfach und aufstrebend, das genaue Gegenbild der gewundenen, knotigen Bäume, die an den Felsen heimisch sind. Ein Ort zarten Aufsteigens, ein feiner Nebel aus Zweigen, so ganz anders als die efeubedeckten Eichen, die beieinanderstehen wie raunende Auguren, mit ihrer schwarzen Kraft, ihren Ketten, ihrem schweren Gitterwerk, etwas Strenges, gänzlich Schmuckloses umschließend, verteidigend, einen aufgerichteten Stein, eine Quelle, ein Grabmal. Baumkreise, feierlich, gemessen; hier wird getagt, um ein Schweigen. Und die Wiedehopfe, mit dem orientalischen Kopfputz, bewohnen die Äste oben, wo sie ihren Aufenthalt haben, wartend, reglos, kein Schwanken, in herrscherlicher Ruhe; während entlang des Flusses alles ein Vorübereilen ist, Wasser, Rauch, eine Allee unter dem schwerelosen Bogen dunstiger Luft, ein schimmernder Weg.

Wie zwei mögliche Leben, zwei Arten des Denkens: das eine knotig, aufmerksam, nachdenklich, der Nacht, dem Gestein verbunden, druidisch über den Mund des Bodens gebeugt; das andere lebhaft, leicht und locker, die hellen glitzernden Tage entlang.

Mandelbäume, Schaum, Schnee, Bergzüge aus Frische, lichte Federbüsche, Schwäne ...

*

Vom Morgen an milde, lichte Tage, die ersten Vögel in der Luft.

März

In den Kreis der Eichen eintreten.

Efeugeschmückte Ketten.

Behütet werden von ihrer Strenge, und das Licht wird von ihren Blättern gemildert.

Stille, Ausruhen, Erwartung.

Wenigstens einmal wird man an diesem Ort gewesen sein.

Dann explodieren alle Dinge; nicht nur der Ort wird fortgeweht, sondern die Erinnerung an ihn und das Lob des Ortes. Die Girlanden abgerissen, die Säulen zerbrochen, die Ketten verdreht. Aber das wäre noch wenig: der Boden, der Tisch zerbirst. Nur ein Blitz in einem Gehege aus Holz und Laub wird gewesen sein. Verstreute Wiedehopffedern, Geburt eines Sterns. Unser Denken erfaßt dies gleichwohl. Das Denken – seinerseits fortgeweht, die Worte zerstreut, selbst die reinsten.

In den Kreis der dunklen, an den Wipfeln oben mit Gold gesäumten Eichen eintreten und an ihre Zerstörung denken.

*

Unter Bögen von feucht-beschlagnem Gezweige,
im Nebel der Bäume am Fluß,
folg ich dem Schaumzeichen dort auf der Jade,
der Farbe des angeschwollenen Wassers am Ende des Winters.
Wo es entlangfließt, ist die Erde durchtränkt,
trägt ein verfrühtes Grün. Vom Fluß steigt ein Hauch auf,
ein anderer zieht frisch vorbei.
Mit der wechselnden Neigung des Bodens
wirft der Spiegel der Gletscher dem Spiegel des Meers einen Strahl zu.
Ein leichter Lauf ist es, der von Anfang bis Ende glänzt:
wo Gestein sich entgegenstellt, um so mehr. Auch dies
eine Lehre der Welt.

*

Auch die Blume sagen, die sich auf dem Holz, im Staub niederläßt; und den Felsen mit seinen Efeugirlanden, Denkmal oder uraltes Grab, in diesem bronzegrünen Schmuck, wie der Kranz eines Kriegers. Diese Dinge sind alt, massiv, stark, dunkel, *beharrlich,* edel, schweigsam, bewegungslos. Vielleicht ein tröpfelnder Quell am Fuß des Felsens, und eine Primel, winziges Schälchen, als Opfergabe, Honig des Frühlings. Oder, milchig, ein Schneeglöckchen.

Uraltes Grab oder Denkmal, schmucklos
bis auf den beharrlichen Efeu, die Girlande,
die einen im Vorübergehen denken läßt:
»wie Bronzewaffen« oder »Laub kurz vor der Nacht«.

Darunter, Gabe eines Quells ganz innen,
für den, der näher kommt, und den, der sich entfernt:
die Schale Honig und das Glöckchen Milch.

Oder:

Mächtige Urne, Grabmal ohne Pracht,
bis auf den festen Efeu, schräg darüber.
Man denkt (kommt man hier noch vorüber)
an Krieger-Bronze, Laub kurz vor der Nacht.
Ihm, den der Fels ans Lichte rückt,
und ihm, der lebend sich dort bückt:
gibt die Primel ihr Schälchen Honig,
das Schneeglöckchen seine Milch.

*

Das Vorrücken des mächtigen Schattenflügels abends über die Felder und Gärten, während der Ventoux, davon noch unberührt, in der Ferne glänzt.

Unten wird das Gelände immer dunkler, immer grüner, bewegt mich fast schmerzlich wegen irgendeines

Zeichens aus der Kindheit, aus der Erinnerung, aus der damals im Gras gehorteten Zeit, während die Ferne darüber sich goldener, lichter, leicht rötlich färbt. Rauch zieht rasch durch einen Garten. Am Himmel Blumen, Fetzen von Glut, zu Wolken geformtes Licht. Das Höchste ist das Hellste.

Orion wie aus dem Gleichgewicht, als sinke er immer nach Westen.

Dunkle, bewölkte Nacht, ohne Tiefe. Flächen treiben vorüber, gerade oder gewunden, bleiche Hänge, als würde an manchen Stellen des Himmels hinter den Wolken eine Lampe hochgehalten, eher um zu erschrecken oder in die Irre zu führen, als um den Weg zu zeigen. Klamme Vorhänge eines Theaters, wo nichts Gutes zu erwarten ist. Kalte Blässe. Über der vertrauten, fast auswendig gewußten Landschaft dieser plötzlich unbekannte Raum, dieser El Greco-Himmel. Dabei handelt es sich nur um etwas Dunst, hinter dem die ganze goldgeschmiedete Geometrie intakt bleibt, um windgeknüpfte Knoten, den unruhigen Atem der Waldungen und der Erde im Frühjahr, um feuchte Lappen.

Pfirsichblüte: dies Knospen, das mir immer als das deutlichste Zeichen des beginnenden Frühlings erschien, läßt an eine dichte Menge, einen Schwarm, ein Summen denken. Auch an eine lautlose Explosion. Doch was auffällt, ist vor allem die Vielfalt, die große Zahl. Und dann die erste im Regen aufgegangene Blüte, wie ein rosa Stern. Sternbild des Pfirsichbaums. Es hat die Farbe der Frühe. Pfirsichbaum, Sternbild der Frühe.

Betrachter des irdischen Tierkreises. Eines Sternnebels, der in einem Garten haltmacht. Bald wird es die Akazie sein, ich habe sie nicht vergessen, hätte sie nicht für so verschwenderisch gehalten. Ihr Duft, ihr Weiß, in den Mai- oder Juninächten, den kürzesten des Jahres.

Kornfelder, von Wellenlinien, von Schauern durchzogene Spiegel. Der Geist hört nicht auf, über dies Gelände hinzueilen.

Schräger, wechselnder Regen, vorübergleitend oder fliehend; Geräusch einer Maschine, unbestimmt, vielleicht in den Feldern. Noch beinahe kalte, böse Tage. Auch das Geräusch der Wagen ist wie das einer Maschine, wie ein Werkzeug, das sich in die Materie der Luft eingräbt, um sie zu durchlöchern.

Worte kurz und bündig wie ein rascher Regen. Wie die glänzenden Linien, die er einen Augenblick lang auf der Fensterscheibe zurückläßt, lauter Sterne, und doch hat jede Perle, jeder Tropfen seinen Schattenknoten. Hinter dem Gestirn dieser Tränen: das noch etwas grüner gewordene Gras, und eine ähnliche Vielzahl im Nest der Bäume. Rauch steigt auf, blau wie die Ferne.

*

Was man zu fassen versucht, ist das ganze Andere. Wie läßt sich erklären, daß man es sucht und nicht findet, aber weiterhin danach sucht? Das Grenzenlose ist der *Atem*, der uns belebt. Das Dunkle ist Atem; Gott ist Atem. Man kann seiner nicht habhaft werden. Dichtung ist die von diesem Atem genährte und getragene Sprache, daher ihre Macht über uns.

Die dichterische Tätigkeit geht darin auf, die Begrenzung und das Grenzenlose, das Klare und das Dunkle, Atem und Form, zu versöhnen oder wenigstens einander anzunähern. Deshalb führt uns das Gedicht wieder an unsere Mitte, an unsere innerste Sorge, an eine metaphysische Frage. Der Atem treibt, steigt empor, entfaltet sich, schwindet dahin; er belebt uns und entzieht sich; wir versuchen ihn zu fassen, ohne ihn zu ersticken. Dies zu bewirken, erfinden wir eine Sprache, in der das Strenge und das Vage zusammenspielen, in der das Maß die

Bewegung nicht an ihrem Fortgang hindert, sondern sie zeigt, sie also nicht ganz verlorengehen läßt.

Es kann sein, daß die Schönheit entsteht, wenn die Begrenzung und das Grenzenlose gleichzeitig sichtbar werden; wenn man Formen sieht und dabei ahnt, daß sie nicht alles sagen, daß sie nicht für sich allein bestehen, daß sie dem nicht zu Fassenden seinen Teil lassen. Im Ungreifbaren allein gibt es keine Schönheit, wenigstens nicht für unsere Augen; und es gibt sie auch nicht in den Formen ohne Tiefe, die alles gleich gestehen und entfalten. Die möglichen Kombinationen von Begrenztem und Grenzenlosem sind jedoch ohne Zahl; daher die Vielfalt der Kunst. Bei Rembrandt ist das Unbegrenzte stark gegenwärtig, bei Ingres gibt es fast nur noch Formen, und seine Malerei ist, trotz seines großen Könnens, arm. Bei Chardin, bei Braque ist das Unbegrenzte, man könnte sagen, gezähmt, gedämpft, wie das Feuer in einer Laterne. Auch das kann nicht die ganze Kunst sein. In der *Göttlichen Komödie* empfängt das Begrenzte seine Form von dem Grenzenlosen. Alles ist geordnet durch eine grandiose Architektur, der ihre Berechtigung aus einer wahrhaft großen Vision zuwächst; eine ungeheure Anstrengung des Geistes, dem Absoluten Form zu geben.

Auch wenn der Mensch unaufhörlich die Schranken weiter fortrückt, wird des Grenzenlosen nicht weniger; sonst wäre es nicht das Grenzenlose. Da liegt der Irrtum mancher Modernen, die das Unbegrenzte mit quantitativen Begriffen ansehen und glauben, der Mensch hole ihm gegenüber auf, etwa indem er erfolgreich den Himmel durchmißt. Aber der Himmel war nur so lange ein Bild des Unbegrenzten, als er selbst unbegrenzt, unerreichbar schien; jetzt scheint nichts Sichtbares mehr vor der Macht des Menschen sicher; das wahrhaft Unsichtbare aber ist nicht im geringsten anders, weniger oder schwächer geworden; es hat nur zu seinem wahren Wesen gefunden, das bildlos ist. Jetzt ist Gott wirklich Geist und völlig außer Reichweite der Bilder, es sei denn, der negativen. Jetzt kann Gott nicht einmal mehr Gott heißen. Man wird ihn nicht mehr für einen König halten.

Dies ist kein Grund, zu glauben, es gäbe keine Formen und Grenzen, keine sichtbaren, endlichen Dinge mehr. Aber man muß achtsamer denn je mit den Worten umgehen. Man könnte sich wirklich fragen, ob Gott jemals mächtiger war als heute, wo sein Tod verkündet wurde.

*

Es ist seltsam.

Ich habe das Antlitz der Nacht betrachtet und die Juwelen, mit denen sie ihre Ferne schmückt. Eine Sultanin, ungreifbar. Mondnebel verhüllen den unteren Teil ihres Gesichts, eine verbrannte, verkohlte Schönheit; ein Feuerscheit, das keine Hand ergreifen kann.

*

Außen, innen: was wollen wir sagen mit dem Wort »innen«? Wo hört das Außen auf? Wo beginnt das Innen? Die weiße Seite ist außen, aber die daraufgeschriebenen Wörter? Die ganze weiße Seite ist in der weißen Seite, also außerhalb von mir, aber das ganze Wort steckt nicht im Wort. Das heißt, es gibt das Zeichen, das ich hinschreibe und darüber hinaus seinen Sinn. Das Wort war zuerst in mir, tritt dann aus mir hervor, und, einmal hingeschrieben, gleicht es einem Liniengeflecht, einer Zeichnung im Sand; aber es bleibt etwas Verborgenes an ihm, das nur von unserem Geist wahrgenommen wird. Das Denken ist das Innen; und das Außen ist alles, was das Denken erfaßt, alles, was uns affiziert, erreicht. Das Denken selbst hat weder Form noch Gewicht noch Farbe; aber es bedient sich der Formen, des Gewichts, der Farben, spielt nach gewissen Regeln damit. Alles das ist erstaunlich. Nicht das Herz ist das Innen, wirklich *innen* ist eigentlich nur das, worauf solche Ortszuschreibung gar nicht zutrifft. In mir sind Organe, und in diesen Organen ist – das Innere der Organe. Man kommt nicht darüber hinaus: dieses Innen ist noch ein Außen, etwas in gewissem Sinne Sichtbares, das Form, Gewicht, Farbe hat.

Das Innere aber, das wir dem Außen entgegenstellen (so wenn wir zum Beispiel von Innenleben sprechen), ist gar nichts Inneres, auch nichts Äußeres; oder besser, es ist nur in einem gewissen Sinne innen: wie ausgesandte oder empfangene Wellen zirkuliert es und materialisiert sich, wenn es auf das Außen stößt. *Deus interior intimo meo,* Gott mir innerlicher als ich selbst, absolut innen, absolut nicht draußen. Gott, Innen des Worts, Atem. Wer das Wort handhabt, ist Gott näher, hat also die Pflicht, das Wort zu achten, weil es den Atem trägt, anstatt ihn zu verbergen, ihn erstarren oder verlöschen zu lassen. Das Wort: durchlässig, offen für den Atem. So sind uns die Täler lieb, die Flüsse, die Wege, die Luft. Sie weisen uns auf den Atem hin. Nichts ist vollendet, abgeschlossen. Man muß spüren, wie dieser große Hauch alles durchatmet und daß die Welt nur seine flüchtige Form ist.

Eine rhythmische Sprache ist vielleicht eine mehr oder weniger geglückte Nachahmung dieses Hauchs. Sie läßt eine sich ausdehnende, aufsteigende Kraft erahnen, die sich jedoch einer Ordnung, einer Form unterwirft, die sich also nicht verliert, nicht verschwendet. Jedes Ding ist ein Anhalten des Atems – jetzt und gleich nicht mehr –, ist für die unaufhörlich atmende Gottheit die Ruhe eines Augenblicks. Das ganze Universum wie ein angehaltener Atem. So, wenn der Wind sich legt im Garten; dann setzt er wieder ein, und die Dinge verändern sich; aber nichts ist verloren, die Gottheit atmet ewig.

Die unsichtbare Macht, das Herz der Welt, beginnt für eine Weile wieder zu atmen: die Bäume, die Berge entstehen; doch dem aufmerksamen Blick zeigt sich ihre Hinfälligkeit, ihre Bewegung, ihr schwebendes, vorübergehendes Wesen.

*

Die Begrenzung sollte nicht stärker als das Unbegrenzte sein: das ist heute unser Unglück. Dichtkunst als Theorie, die der Dichtung zum Schaden gereicht, die jedenfalls eine Gefahr für sie darstellt. Wir wissen zu gut, was wir machen müßten. Dennoch gilt es, auch dem die Treue zu halten, was unsere Wahrheit ist und uns davor bewahrt, die Meister der Vergangenheit nachzuahmen. Alles nimmt immer seinen Ausgang von neuen Bedingungen und Unsicherheiten, von neuen Schwierigkeiten. Darin liegt auch Hoffnung: im Dunklen, im Unmöglichen. Man kann diesen Ausgangspunkt nicht verleugnen, obwohl er wie eine Falle ist, aus der man anscheinend nicht herauskommt.

*

Cioran: … *Aber enthält eine Leere, die Fülle verbreitet, nicht mehr Wirklichkeit, als die gesamte Weltgeschichte besitzt?* (Zitiert von Jean Paulhan, im Februarheft der Nouvelle Revue Française, 1960)

*

Meister Eckehart (Predigt 26, herausgegeben und übersetzt von J. Quint, München 1963): … *Wieder will ich sagen, was ich noch nie gesagt habe: Gott und Gottheit sind so verschieden wie Himmel und Erde. Ich sage mehr noch: Der innere und der äußere Mensch sind so weit von einander verschieden wie Himmel und Erde. Gott aber ist's um viele tausend Meilen mehr: Gott wird und entwird …*

Als ich noch im Grunde, im Boden, im Strom und Quell der Gottheit stand, da fragte mich niemand, wohin ich wollte oder was ich täte: da war niemand, der mich gefragt hätte. Als ich aber ausfloß, da sprachen alle Kreaturen: »Gott!« – Fragte man mich: »Bruder Eckehart, wann gingt Ihr aus dem Hause?«, dann bin ich drin gewesen. So also reden alle Kreaturen von Gott. Und warum reden sie nicht von der Gottheit? Alles das, was in der

Gottheit ist, das ist Eins, und davon kann man nicht reden. Gott wirkt, die Gottheit wirkt nicht ...

Wenn ich in den Grund, in den Boden, in den Strom und in die Quelle der Gottheit komme, so fragt mich niemand, woher ich komme oder wo ich gewesen sei. Dort hat mich niemand vermißt ...

Wer diese Predigt verstanden hat, dem vergönne ich sie wohl. Wäre hier niemand gewesen, ich hätte sie diesem Opferstocke predigen müssen.

Musil las in solchen Worten eine Verheißung.

*

Góngora, *Soledades I*, Vers 948-957 (am Ende des Balls schickt die Braut sich an, den Spielen beizuwohnen):

In der Morgensonne Glanz gekleidet,
wie ein Phoenix: neu in seinen Feuerfedern
(und den Königszug schon neben sich,
der schallend durch die Lüfte schwirrt),
so watet er schnell durch Gewölk,
um, heller als der Schaum,
den herrlichsten der Ströme zu bekrönen.
Nichts bleibt dem Wind am Ufer dort,
allein die große Leere,
die jene schroffen Male ließen,
die Ägypten seinen Fürsten schuf.

Wunderbar hier der Sinn für das Ausdehnen, für das Ausschmücken des Raums mit – abwesenden oder fernen – Trophäen. Und die äußerste Dichte des Ausdrucks:

pequeños no vacios ...

Góngoras Sprache, und sogar die des Johannes vom Kreuz, ließe sich mit denselben Grundworten beschreiben wie die Landschaft von Mallorca: Luft, Gold, Gestein.

*

Wer weist uns den Weg am Ende des Winters?
Durch das Gehölz die Sichel des Schnees.

*

Wie kindisch, sich einen grausamen Gott auszudenken! Wenn Gott existiert, kann er weder grausam noch gut sein. Was bedeutet demnach dieser Bruch, dieses Versagen einer sonst so bewundernswürdigen Maschine? Wenn es uns so schwer fällt, das Böse zu verstehen, rührt dies nicht daher, daß wir es falsch *denken,* daß eben vor diesem Problem unser Denken einem Irrtum anheimfällt oder an eine Grenze stößt?

Was könnte die erschreckende Ungerechtigkeit der Schicksale verschleiern?

*

Zweifellos setzt das in langen, regelmäßigen Versen geschriebene Gedicht einen weiten, ruhigen Atem voraus, ein Gleichgewicht, das ich verloren habe oder das ich nicht mehr als etwas Andauerndes und Natürliches kenne. Ein Erheben der Dinge, der Augenblicke ins Feierliche; Zusammenstimmen, Harmonie, Glück. Aber wie von gewissen poetischen Aufzeichnungen zum Gedicht gelangen? Die Stimme sinkt zu schnell wieder herab. Es gibt da eine merkwürdige Schwierigkeit in dem Gegensatz zwischen den Gedichten, die im Augenblick aufgehen (wie Ungarettis *Allegria* und dem »Rede-Gedicht«, das mir immer eigentümlich war: wie eine kurze, leicht feierliche, zwei Zoll über dem Boden psalmodierende Erzählung.

Wie kann man das spürbar machen, festhalten: ein unstetes Gleichgewicht, etwas wie eine Säule aus Glas oder gar aus Wasser, auf Leere gestützt? Man stützt sich auf das Gedicht selbst, und es ist ein schwacher, zum Teil auch täuschender Halt. Es glänzt und stürzt zusammen: das Rauschen eines Wasserfalls bei Nacht. Verwechslung des Gedichts mit seinem Gegenstand.

April

Berg: flüchtendes Hermelin.
Eisiges, knatterndes Banner.

Fluß: Kind des Bogens, aus dem Bogen schnellend, auf die Ringe, die Zielscheibe des Meeres zu. Der Bogen ist seine Quelle.

*

Verzweifeltes Glück der Worte, hoffnungsloses Verteidigen des Unmöglichen, dessen, dem alles widerspricht, das von allem verneint, untergraben oder zu Fall gebracht wird. Jedesmal ist es wie das erste und das letzte Wort, das erste und das letzte Gedicht: unschlüssig, ernst, ohne Wahrscheinlichkeit und Kraft, von widerspenstiger Zerbrechlichkeit, ein beharrlicher Quell. Noch einmal am Abend sein Rauschen gegen den Tod, die Schlaffheit, die Dummheit; noch einmal seine Frische, seine Klarheit gegen den Geifer. Noch einmal der Stern, wie eine eben gezogene Klinge.

Mai

Akazie in Blüte stehend, nachts: ein nach Honig duftender Sturzbach. In vollkommener Harmonie mit den ersten Vogeltrillern, dem Mond, der Flöte der Zwergohreulen. Weißer Rosenstrauch, Kranz oder Diadem. Klare, stofflose, gewichtlose Weite.

*

Alles war grauer Puder bis auf etwas Glut,
und der Pirol sagte: Wer bist du? Was machst du?
Noch nichts ging auf sein Ende zu.

Keine Düfte: dazu brauchte es die Wärme des Tages. Beinah im Nordosten das erste Feuer, mehr ein feinaufgewirbelter Staub, rosa.

Juli

Bei noch geschlossenen Fensterläden: die Schwalben zerreißen den Himmel mit ihren ersten Schreien, dieses Schrille hat etwas Unheimliches. Aber als ich die Läden aufstoße, sehe ich sie so hoch, in einem so weiten Raum fliegen, daß die Empfindung umschlägt.

Der Mond ist noch da, ohne Licht, nur wie Glas oder Eis; die magische Stunde über dem Garten; dann scheint das Gold der Sonne auf, beinahe störend. Das Zeichen Gold und das Zeichen Silber am Himmel, jedes auf seiner Seite.

*

Unter einem Gewölbe aus Donnern leben wir …

August

Das Antlitz des Tages wendet sich am hellichten Tage ab. Was erschreckt oder beschämt ihn so?

*

Die vier *Haiku*-Bände* von R. H. Blyth (Hokuseido-Press), wesentlich.

Zen-Formel:

Es gibt keinen Ort, an dem der Geist zu suchen wäre:
er ist wie die Fußspur der Vögel am Himmel.

* Anm. d. Ü.: Englisch und japanisch. Meine Fassung folgt der Übersetzung Jaccottets.

Wunderbar der Bericht über den Besuch des Dichters Bashô im Tempel, in dem sein Meister gelebt hatte.

Eine Kerze angezündet
an einer anderen Kerze:
ein Abend im Frühling. (Buson)

Haiku are self-obliterating: »Ein Gesang, der sich selbst Sichel ist«, schreibt Jacques Dupin.

*

Hommage für Supervielle:
Einen Raum der Magie erreichen. Das ist selten in einem Werk. Alles übrige ist reich an wunderbaren Stellen, gewiß. Aber dort ist der Gipfel seines Lebens, scheint mir. Als er sagte:

Uns trennt nur
das Erschauern einer Espe

hat er das Innerste seines Wesens berührt.

*

Wie die Lerche singt!
Der Grund des Wäldchens
liegt noch im Dunkeln. (Issa)

Von nun an senkt sich
jede Nacht vom weißen
Pflaumenbaum herab. (Buson)

Das Blütenblatt der gelben Rose
bei der Kaskade, fällt es
allein durch das Geräusch? (Bashô)

Diese Gedichte sind Flügel, die uns am Zusammenbrechen hindern.

Bewundernswürdig, wer nicht denkt:
So flüchtig leben wir,
Wenn er es blitzen sieht. (Bashô)

*

Ich könnte ganze Seiten zitieren. Mehr als einmal habe ich beim Lesen dieser vier Bände gedacht, sie enthielten, von allen Worten, die ich je entziffern konnte, die der Wahrheit nächsten.

1961

Januar

Regentropfen – jeder dort am hellsten, am glänzendsten, wo er am schwersten ist; mit seinem Schatten an der Scheibe haftend, mit seiner dunklen Spitze. Eine ganz kleine, ganz klare Frucht.

März

Herz, dunkler als das Veilchen,
Aug des Abgrunds, bald geschlossen;
verstehe dich darauf, den Duft
hier zu verhauchen,
der eine sanfte Bahn auftut
ins nicht zu Überschreitende.

Juni

Die Schafe werden auf die Sommerweiden getrieben. Herden in der Allee der Ortschaft, zunehmender Mond, Blöken, das zu seinem Licht paßt. Esel, an der Mauer festgebunden. Widder, ihre Kämpfe; Tiere, die im Kreis stehen, sakrale Szenerie. Abenddämmerung. Staub.

1962

März

Vom Nichtigen ausgehen. Das ist mein Gesetz. Alles Übrige: ferner Rauch.

*

Schönheit: verloren wie ein Samenkorn, den Winden ausgeliefert, den Gewittern, geräuschlos, oft verloren, stets zerstört; aber beharrlich von neuem blühend, wie es der Zufall will, hier oder dort, vom Schatten, von der düsteren Erde genährt, von der Tiefe empfangen. Leicht, spröde, beinahe unsichtbar, anscheinend ohne Kraft, verlassen, ausgesetzt, ausgeliefert, gefügig – verbindet sie sich mit dem Schweren, Regungslosen; und eine Blume öffnet sich am Hang der Berge. Das besteht. Das hält durch, gegen den Lärm, die Dummheit, zeigt sich beharrlich inmitten von Blut und Verwünschungen, mitten im Leben, das unmöglich zu verantworten, unmöglich zu leben ist. Dennoch, der Geist weht, wo er will, unweigerlich dem Gelächter preisgegeben, ohne Lohn, ohne Beweise. So muß man weitermachen, in den Wind säen, Worte wagen, ihnen das rechte Gewicht verleihen, niemals aufhören bis zuletzt – *gegen,* immer gegen sich und die Welt, bevor es gelingt, über den Widerstand hinauszukommen, eben durch die Worte: die über die Grenze gelangen, über die Mauer, die durchbrechen, überwinden, öffnen und zuletzt manchmal als Duft, als Farbe triumphieren, einen Augenblick lang, nur einen Augenblick. An dies wenigstens klammere ich mich; etwas, was gerade nur nicht nichts ist, *sagend,* oder bloß, daß ich nahe daran bin, es auszusprechen – auch dies noch eine Hinwendung, besser als die Bewegungslosigkeit oder das Zurückweichen, das Verweigern, das Verleugnen. Das Feuer, der Hahn, das Morgengrauen: der heilige Petrus. Dessen erinnere ich mich. Das Ende der Nacht, wenn das Feuer noch brennt im Zimmer und es Tag wird draußen und der Hahn kräht; wie der Schrei des Feuers selbst, das sich losreißt von der Nacht. »Und er weinte bitterlich.« Feuer und Tränen, Tagwerden und Tränen.

Wohl hundertmal habe ich es gesagt: was mir bleibt, ist fast nichts; aber es ist wie eine ganz kleine Pforte, durch die man hindurch muß, jenseits derer – nichts beweist das Gegenteil – der Raum so groß sein könnte, wie man ihn erträumt hat. Es handelt sich nur darum, die Pforte zu durchschreiten, und daß sie sich nicht für immer schließt.

April

Dem Unmöglichen geweihtes Monument. In reiner Vergeblichkeit sein Bestes dem gegeben, was sich nie erreichen läßt.

Pfirsichblüten, den Bienen des Feuers ausgeliefert.

Keine Umwege mehr: sondern, wie eine Peitsche, immer gleich wieder auf das Ziel zu. Der Blick, die Sprache, wie eine Peitsche.

Auf der Kohle der Nacht, auf den schwarzen Zweigen der Nacht, dieses Erblühen, diese rosafarbene Anmut, und bald danach mit ihrem Summen die Bienen des Tages.

Wer mag, erkenne in diesem Wappen das Schönste wieder, was je auf der Welt war – was ein Mann entdeckt, wenn ihn die Schlaflosigkeit am Ende der Nacht aufweckt, und was ihn später, wie ein Flügel, über sich selbst erhebt.

Mai

Regen auf den abertausend Blättern, und das, was tief in einem brennt. Das Feuer, sein Ringen.

Blütenblätter des Weißdorns auf dem Wasser des Baches, wo die Kröten ihr dumpfes »Ja« von sich geben. Fast das Geräusch aus einem Schweinestall. Grillen wie elektrisiert im Gras. Das alles abends, und die ersten Triller der Nachtigall.

Am Morgen: Iris, ihr leichtes Blau, ihr ferner Duft. Darüber die Berge.

Acht Uhr abends. Über den blütenbeladenen Kastanienbäumen, über diesen Düften, diesen Emanationen, über dieser Erregung, dieser Geschäftigkeit: das überraschende Blau des Himmels, zugleich dunkel und leuchtend, tiefblau, viel blauer als bei Tage; und die Wolken mit ihren leuchtenden Kuppeln.

Auch dies Wasser, das bei hellem Sonnenschein in die Erde fließt, an Sturzbäche erinnernd. Das Wasser und seine gleißenden Facetten, seine Sonnenklingen oder -schuppen. Seine Fingerzeige. Wie es seine Spiegel vergräbt.

Juli

Kreisförmig hingelegte Garben, wie Sockel von Altären, auf dem bleichen Feld abends, während die Mauern rosa werden wie ein verlöschendes Feuer. Große Strohkreise, trockene, brüchige Krater.

*

Ich habe noch nicht zu sagen vermocht, wie diese Welt am Morgen glänzt, wenn ein Tag voller Sonne und Nordwind beginnt, während die Berge leicht und blau sind.

Licht (lumière), das sich auf Staub reimt (poussière), wenn der Wind von Süden weht; bei Nordwind mit Strömung, Fluß (rivière). Staubiges Licht – spiegelndes Licht, das rinnt und tropft. Trockenes, austrocknendes Licht – spritziges Licht.

Manches wäre zu sagen über diesen Eindruck von Glanz, Schwerelosigkeit, Durchsichtigkeit, über die Lust, in diesen Gärten umherzugehen, auf diesen Wiesen, am Fuß dieser Berge; über den unwiderstehlichen Eindruck von etwas Paradiesischem, man weiß nicht, woher. Die wichtigsten Elemente: der Morgen, die Frische eines Tages, der warm wird, schönes Wetter, vollkommen, ohne ein Wolke, der Osten, die Berge, das wie Wasser glänzende Laub, das *Durchscheinende,* und wie eine blaue, leichte Begrenzung die Berge, die eigentlich nicht mehr Berge heißen können, sondern blaue Sanftheit, Wiege, denn ihre Einzelheiten sind nicht zu unterscheiden, ein blaues Tuch, nicht einmal das: eine blaue Grenze, die Idee einer Begrenzung ...

September. Ibiza

Heftiger Wind, das Meer schaumgekrönt, vor dunklem Hintergrund glänzend. Links Gewitter, rechts Sonne, Tintoretto? Ein Theater, eine himmlische Bühne mit ständigen Verwandlungen.

Verlöschen, erscheinen. So spielt auch dieses Licht. Man erwacht aus einer langen Dumpfheit. Das Meer, Falten über Falten werfend, kleine schneebedeckte Berge, die rasch verschwinden, um woanders wieder aufzutauchen, ohne erkennbare Ordnung. Bald hier, bald dort. Kalte, dunkle Masse. Kurzes Aufblühen gegen die Felsen. Stürzen, Zusammenbrechen, Geräusche wie Steinschlag, einstürzendes Wasser.

Kleinen Inseln eigentümlich, dies Aufgeregte, Unstete?

Orte des Windes mit zu Boden gestreckten Sträuchern, auch die Wurzeln wie hingelegt in einem Herbarium aus rosafarbener Erde. Algen beinahe silbrig, wenn sie trokken sind.

*

Dieser Schädel, gegen die Schulter drückend, mit dem Flitterwerk des Fleisches maskiert. Schädel, Skelett: bunt umkleidet. Gewicht des Schädels. Barocke Idee. Nicht lange maskiert, der Schädel. Doch warum sollte er wahrer sein als die Maske? Nur weil er ein wenig länger dauert. Diese Art des Dauerns bedeutet nichts. »Schöne Maske«: sagt Julia das nicht zu Romeo, oder Romeo zu Julia, in der Ballszene?

Traum, in dem ich angesichts des Trauerzugs sage: »Sie war die anmutigste der Frauen – grüßt ihre sterbliche Hülle ...« Worte, die ähnlich klingen.

*

Motiv der rosafarbenen Erde unter den Bäumen, beinahe purpurrot, der dunklen Bäume, der je nach den Tagen vibrierenden oder feuchten Luft;

Graues Meer, keine Wasserfläche, sondern ein Raum, ein Vorrat Frische, keine Oberfläche oder Form, sondern ein Gedächtnis, eine Masse, ein Fächer aus Wellen; und auch die Gehölze – wie ein bewohnbares Haus.

Mond, Vögel, die unter dem Mond vorbeifliegen. Kornmieten.

Erde: um genau zu sein, müßte man sie zum Beispiel mit Kakaopulver vergleichen (doch fände man wohl bei einigem Suchen noch ein besseres Bild, das dennoch alldem, was man bei ihrem Anblick empfindet, nicht entsprechen würde). Eher eine Farbe, die sich mit der Vorstellung von Backstein verbindet und von Feuer, einem bleichen Feuer, einem eingeschlafenen Feuer, das nicht verbrennt. Erde wie ein eingeschlafenes, unter den Bäumen ausgestrecktes Feuer. Das ist die andere Genauigkeit, auf die allein es mir ankommt.

Zikaden, deren Zirpen verlöscht wie der Strom hier, wenn der Motor aussetzt.

Knirschen der Wagen, der Karren, auf den schlechten Wegen.

Der Abend, weiter als der Mittag.

Bäume, ein wenig über die Erde erhobene Opfergaben; oder, je nach ihrer Form: Schutzhütten, Kuppeln, Dächer.

All das einen Augenblick sehen, es dann nicht mehr sehen (etwas anderes oder anders sehen?). Geboren werden (in der Finsternis). Die Augen öffnen, seine Augen verlieren.

Kaum Vögel: Schwalben, Mauersegler, schon in Gruppen, zum Fortziehen bereit. Und die ägyptischen Hunde, wie an Sarkophagen, mager, herrenlos, mit bleichem Fell. Schnell. Von den Gräbern geflüchtet.

Gestalten, die man mit ihren Träumen, ihren Schätzen begraben hat.

Unsichtbare Feuer, die brennendsten, die dennoch auf ihre Weise vorhanden sind, wie das, was zwischen den Dingen ist und nicht erscheint, es sei denn in einer Beschädigung oder einer Steigerung der Dinge, die es zusammenhält.

So bleiben vielleicht Seelen hier, jenen Feuern ähnlich. Im Geheimen geschäftig wie sie.

Diese Feuer, diese Ketten. So sind auch die Entfernungen von einem Baum zum andern, von einer Barke zur andern. Ein erster Stern erscheint, weil das Licht schwächer wird, als sei ein Schleier fortgezogen worden. Der Himmel, seine Farbe, scheint dichter zu werden, bekommt einen rosa, grau, blau-malvenfarbenen Samtglanz. Es ist, als glänze der Stern in einem unermeßlich weiten Rauch, in einem Duft.

Ascheschwarze Himmel. Die Vorstellung von Asche über den Pinien, die ihre Sträuße, ihre lichten, fast gelben Federbüsche vor diesem drohenden Hintergrund hin und her bewegen.

Ihre Antwort an den monotonen, störrischen Wind: voller Grazie, etwas bebend, aber eher ruhig, jedenfalls geduldig, zurückhaltend, elegant. Ein fortwährendes leichtes Erzittern, ohne je müde zu werden, die Kunst, um ein weniges nachzugeben, aus seiner Schwäche einen Zauber zu machen. Vielfältiger beim Ölbaum, ungeschickter beim Johannisbrotbaum. All diese sprechenden Bewegungen ein wenig über dem Boden, von einer unsichtbaren Drohung belebt, Schrecken mit Schönheit vergeltend.

Oktober

Licht wie Staub: Herbst.
Oder im Gegenteil, ein Spiegel.

*

Als träte man ein in einen ganz anderen Bezirk, in ein Gebiet der Sanftheit: die einen zurückruft – Sirenen –, die einem etwas vorschlägt, einen Rat erteilt, in dem Augenblick, da es scheint, als habe man nur noch Klippen vor sich …

*

Im Herbst blühen Blumen von einer anderen, von einer besonderen Farbe, während das Laub leichter wird und sich verändert. Alte, gealterte Farben – wie der Rost, das Erlöschen eines Feuers. Jahreszeit der Pilze, ihr Geruch, Produkte des Regens; sie ähneln Schwämmen, Weichtieren (Schnecken, die zum Vorschein kommen, wenn es geregnet hat); leicht zu zerbröseln, meist fast farblos, oder maus-, erd-, holzfarben. Versteckte Pflanzen, wie absichtlich beiseite geschafft, halb vergraben unter feuchten Blätterbündeln; von eher geringem Gewicht, mit zerbrechlichem, weißem Fuß (weiße Dinge, die in der Erde leben: Larven, Beziehung zwischen Pilzen und Gespenstern, aber auch den Nebelschwaden), mit diesen Hüten, diesen Rädern aus feinen Zwischenwänden, wie die Seiten eines konzentrischen Buchs, wie feine zusammengepreßte Flügel … Aber das Beschreiben muß sich in Grenzen halten. Man hat Lust, durch die Wälder zu laufen. Nachts, unter dem Mond, ist alles regloser Dunst, ein feuchtes, kaltes Schweben. Der Reisende im Wagen, der diese Welt durcheilt, als fahre er in einem Traum dahin: die Qual seiner Sorgen läßt nach, wenn er welche hat, und wenn er glücklich ist, schwingt sich seine Freude durch diesen Anschein von Leichtigkeit noch höher empor. Ein Geheimnis erscheint zwischen diesen Hügeln, ohne aufzuhören, Geheimnis zu sein.

Hölderlin: *Hier in dieser Unschuld des Lebens, hier unter den silbernen Alpen* … Brief aus Hauptwyl. Das Wesentliche des Dichters liegt für mich in diesem Satzanfang, er hat die Reinheit einiger weniger Passagen von Rimbauds *Une saison en enfer: »Manchmal sehe ich am Himmel …«* (»Quelquefois je vois au ciel …«). Es handelt sich hier um ein Weiß, das dem der Pilze entgegengesetzt ist. Engel und Larven, Engel und Gespenster. Aber dennoch, ein Weiß auch dies.

Farben: aus dem Bösen geboren? Ein Weiß, das Abwesenheit von Farbe ist oder Tod; ein Weiß, welches das Wesen, die Essenz der Farben ist oder, vielleicht, überwundenes Leben.

*

Jeden Augenblick können die Dinge von neuem auseinanderfallen, kaum vermag ich sie zu halten, ihren Schatten zu halten. Was ich mir als Speise wünsche und verschlinge, ist vielleicht nur Abwesenheit.

Wege im Wald, voll von dunklem Laub, feucht. Kälte des Abends, zusammenstimmend mit der weißen oder silbrigen Farbe des Himmels. Eisen der Kälte. Oder eher Glas.

*

In einer Träne – der Quelle vielleicht – und um sie herum, wenn sie rinnt, wenn sie fällt: der Wald, die Gestirne.

Ich weiß nicht mehr, ob ich sie wirklich sah, wer sie vergoß.

*

Rauch – eine Weile im Licht, Erinnerung an Feuer, ein Abschied, der einen Augenblick lang noch über der Erde, über dem Zimmer schwebt, mein einziges Wissen – und ich komme kaum weiter voran. Er ist wie eine Feder, die auf einen Flug hindeutet – oder auf ein Nest.

Der Wald muß abgebrannt sein, bloß diese Federn sind übriggeblieben, die sich in Regen verwandeln werden.

Wolle, Duft.

*

Letzte Blütenblätter, rosa, mit dem Farbhauch reizender Scham, eines verborgenen Feuers, Geständnisse der Erde.

Während der Garten sich ohne Flammen verzehrt, gelb wird, braun, verdorrt. Die Stengel brechen. Die verborgene Erde wird bald wieder hervorkommen. Das ist kein Gold an den Bäumen, an den Reben, es ist eher die Farbe einer sehr hellen Flamme – die jedoch an Ruhe denken läßt, nicht an Hitze. Gelb ... Etwas, das vorher ganz im Farbton des Grases und der anderen Pflanzen aufging, beginnt sich *abzuheben,* verwandelt und zeigt sich – und neigt sich so nur noch schneller seinem Ende zu. Zeigt sich und zeigt seine Gebrechlichkeit, gesteht, daß es dünn und fadenscheinig wird, ausfranst, rissig und fleckig. Wie schwer es ist, das Wesentliche zu fassen! Man ist immer versucht, zu weit zu gehen oder nicht weit genug, entweder zu vage oder zu genau zu sein. Die Dinge müßten jäh, aber genau erfaßt werden, wie mit einem Flintenschuß. Es sind gerade Jäger in diesen gelben Weinbergen – hier und da Rauch von Gewehren, ein plötzliches Auffliegen von Vögeln, Gebell – drohender Nebel, ein Kern Kälte in der sonnigen Luft. Wenn das Laub sich lichtet, droht den Vögeln Gefahr. Der Herbst hat die Farben von Gefieder und Pelz – von Füchsen, Hunden. Pflanzen gleicht er weniger, die Bäume setzen Masken auf, legen ein Kostüm an. Ein fatales, in gewissem Sinne trauervolles Fest. Die Bäume sind wie Hähne – in der kälter werdenden Luft, in der bleich werdenden Sonne. Sie ähneln auch der Oktobersonne, die bleichgelb ist, um später dunkelrot zu werden, wenn sie in die Dunstzone des Horizonts eintritt. Farben des Fasans. Und die Wolken sind gern rosa über diesen Vogelhäusern, diesen Hühnerhöfen. Solche Tage, an denen die Waldungen leichter und lichter werden, an denen die Luft um einen kalten Kern noch mild bleibt, sagen dem Geist zu, ihm erscheinen plötzlich im Morgengrauen ein paar Bäume wie ein Strauß im Nebel, wie Juwelen in einem Nest aus Flockwolle, wie eine Blättersonne im Gewölk. Wie ein Geschmeide zwischen Wäsche.

*

Man kann nicht mehr klar unterscheiden.
Man ist aufs Nichtverstehen zurückverwiesen.
Letzte Gedanken werden aufgerührt.
Die Welt ist nur noch das Wehen des Frühwinds.

*

Neue Welt
nicht mehr aus Gedanken
nicht mehr aus Axiomen (in aller Ruhe zu entwickeln bis zum Tod)
sondern ein Bilderpavillon
Durch keine Wand mehr vor dem Raum geschützt
sondern durch Visionen
Auf festem Boden wohnen – ganz unmöglich –
man wird fortgetragen
Man besitzt nur noch Flüchtiges
Alles Sichere verlöscht wie eine erstickte Lampe
Man stürzt sich auf eine Quelle, die entflohen ist,
Man wird vom Frühwind ernährt.

Dezember

Wieder diese Ruhe vor Tag, dieses Blau, dieses göttliche Auge. Und die Erde unter dem Frost, wie wurmstichiges Holz; als zöge sie sich zurück, weggesperrt.

Dann dies Hochstäuben von Gold, der Dunst, die Kähne der Hügel im Dunst.

Ein Taubenflug über einem Gehöft, weit weg.

*

Erloschene Lampe – Grab des Regens.

Lampe, die jäh ausging. Was ihr Licht war in der Nacht, wenn die anderen nicht mehr brennen.

*

Das Abendrosa auf oder in den Bergen, wie Feuer. Sie sind fast Blicke, eine Glut. Unter dem unergründlichen Blau des Himmels.

*

Die Nacht, und bevor sie flieht, ihre brennenden Fransen, ihr Feuermoiré.

*

Im Winter, bevor es Tag wird, zwischen Bergen und dunklem Gewölk, über den schwarzen, fahnenstangenartigen Schattenrissen der Bäume, künden zerrissene, bleich-orangene oder malvenfarbene Banner (und abends werden sie rosa sein) das Heer des Lichtes an.

1963

Januar

Ich hatte einen Spiegel
in dem ich mich selbst nicht mehr sah
bloß Lider über einer Glut geschlossen
Ihr tiefes Rosa eine Welt
Ich muß ihn zerbrechen
bevor er mir die Luft verstellt

*

Feuer, aus dem Schlaf des Horizonts geboren,
das mit dem Morgenrot erneut vorübereilt
(und an den Fensterscheiben noch die Speichelspur des Frosts).

Feuer das aufloht, weil die Ferne
sich gebirgig hingelagert hat,
weil sie die Augen schließt.
Im Blau des Schlafs beginnt ein Feuer.
Die Ferne –
in ihrem Traum entflammt.

*

Blumen.

Sie keimen mitten unter Gebeinen, in dem unterirdischen Haus bei den Toten, oder auch in der Erde der Träume, in einer dichten Masse, die im Innern ein Feuer birgt. Die Erde selbst: eine Frucht, deren Kern Flamme ist; unter dem Laub der Wolken hängend.

Eis, Lamellen, Blätter aus Reif. Man sieht diese Dinge noch, und man sieht sie nicht mehr als Dinge, sondern als Emanationen, Ideen, Figuren, Bewegungen, Geburten.

Manchmal ist die ganze Welt wie eine schwebende Kugel, wie wirbelnder Schnee, dem nur unser Blick Reglosigkeit oder Gewicht verleiht.

*

Ich werde die Nacht in dieser Barke verbringen. Keine Laterne, weder am Bug noch am Heck. Nur einige Sterne im Perlmutt des Wassers, und die Bewegung schläfrigen Strömens. Anlegen werde ich an einem unsicheren Ufer, das mir hier und da die ersten Vögel, aufgeschreckt, mit ihren Rufen bezeichnen.

Aus der Welt entführte Seelen, warum nicht ein ähnliches Landen erhoffen? Vielleicht gibt es unbekannte Arten von Schreien, einen Blick, dem nichts hinderlich ist, der nichts ausschöpfen kann – etwas, das alles Wissen, jede Vorstellung, jedes Verlangen übersteigt?

*

Während dieser langen Perioden großer Kälte, in der steinhart gewordenen Erde: die künftigen Blumen in ihren Kapseln, ihren Etuis.
Vögel näher bei den Häusern.

*

Schwarzer Wasserfall geheimnisvoll
dem Pferd verwandt
hängend
Gefieder
Etwas zu Wringendes
Brennendes unserer Mitte ganz nah
Vlies, Glutscheit, umgedrehte Fackel
bei Tag die Flamme der Nacht
Eisen in unserem Herzen

März

Erste Knospen, erste Blätter
Abende, die weiter, leichter werden
Veilchen, warum
so dunkel, so duftend?

Mai

Man hat das Feuer aus der Laterne der Bäume genommen.

*

Alles ist auf eine andere Welt zurückgeworfen
Grenze
Ich werde sie nicht mehr überschreiten
Jenseits geht jemand

Oder habe ich geträumt?
Ich folge diesem Schritt die ganze Nacht
Tagsüber komme ich kaum voran

Juni

In der blühenden Linde
jenseits ihrer dichten Fülle
ihres Summens
die Aussicht
der Abendhimmel
der Flug des Lichts

Nur dies hält mich noch wach
dieser ferne Schlaf

Nur die lichte Luft
und irgendwo dies schlafende Feuer
Sonst nichts mehr an diesem Tag
die geräumige Welt
das Haus der Vögel
und das Nest des Schlafs

September

In der Nacht sind die Bäume und die Gärten von einem Waschküchendampf umfangen, der jedoch kalt ist; und darüber: Sterne. Am Morgen dann das schöne Wetter, aus diesem Nebelnest heraus.

*

Pappeln, Schattenstützen, im Gegenlicht, im Schweben des Tags.

1964

Januar

Winter, mit dem treffenden Namen,
mit dem Namen eines schnellen Vogels
klare und entblößte Jahreszeit
gerader fliegend als die anderen
wie ein Bogen gespannt
Zeit der näher kommenden Vögel
der luftigen Netze in der Höhe
Perlmutt und Erde
Glas und Stroh

*

Der Schatten plötzlich von irgendwoher aufgetaucht, der zerreißt, der verdirbt.

Von der Welt abgerissene Dinge, Wunden der Welt.

Ein Fuhrwerk, das langsam auf der Landstraße dahinzieht und tote Dinge wegschafft, ein Fragment der Zeit – es bleibt, sanft und grausam, als ein Fetzen im Gedächtnis zurück, bis auch das Gedächtnis dahin ist, das Gedenken vergessen.

*

Alle sichtbaren Dinge wie Schreie oder Seufzer des Unsichtbaren, das darunter leidet, unsichtbar zu sein, wie ein Flammenzüngeln über oder um ein rasendes (oder glückliches) Dahinschwinden. Was wird eben jetzt so langsam unter Qualen geboren? Etwas Zentrales, etwas Tiefes geschieht wohl, von dem wir nur die mannigfaltigen Emanationen, die endlosen Projektionen sehen; und aus welchem gemeinsamen Samenkorn stammen diese Vögel, diese Schweißtropfen, diese Steine, und hören nicht auf, daraus hervorzudringen? Manchmal glauben wir plötzlich Öffnungen vor uns zu sehen, wie vom Blitz geschaffen, deren Richtung eine Mitte bezeichnet; und wenn dann etwas in uns nachhallt und dröhnt wie eine verheißungsvolle Erschütterung – ist schon ein anderer Tag, eine andere Nacht, und alles könnte ebensogut zu Ende gehen, bevor sich etwas ereignet hat ... Überall liest man Zeichen, aber das Auge, das sie entdeckt, ist schon nahe daran, sich zu schließen; so bleiben sie zerstreut, setzen immer wieder aus, wie Vogelrufe vor Tag. Der Staub, den der Wind oder der Atem emporbläst, sinkt auf den Tisch zurück; die Nacht ist voll glitzernden Staubs. Warum hat dieser Kern sich geöffnet? Aus welchem anderen drang die Kraft, die ihn sich spalten ließ? Aus welchem Schatz sind wir die verstreuten, entwerteten Münzen?

Wohin führt uns der Abgrund, der sich bisweilen von neuem auftut? Was für ein eisiger Schatten ist das, im Licht des sich weitenden Jahres, im wärmer werdenden Tag?

Erscheinungen, als wäre jede von ihnen ein Ruf. Die Qualen: Windungen einer Verfeinerung oder des Erdrosselns?

*

Der Weiler Teyssières, bei der Quelle des Lez. Schnelle, reine Wasser. Kiefern am steilen, jetzt dunklen Osthang des Berges Lance, vermischt mit anderen Bäumen, die dunkelrosa Fächern gleichen. Am Grund eines Seitentals ein Bach: Strömung unter dem Eis. Der Boden ist feucht, schwer, kalt. Am Wegrand wachsen Buchs und Maulbeerbäume. Der Weiler im frostigen Bergschatten, im Schnee, wie ein abgelegener Schweinestall. Nur Greise wohnen noch dort. Nahe an den Fensterscheiben, vor dem Rußschwarz des Hintergrunds, sieht man ihre entgeisterten Gesichter.

*

Bad in den Felsen, unter dem Eis, im Schatten. Vom Grund der Erde herauf. Erde unter Tränen.

*

Einen Skorpion zerquetscht zwischen Kohlestücken, im feuchten Keller. Viele Menschen wurden so, werden so behandelt. Das Schwarze, das Bleiche, das Feuchte.

Lebendig begrabene Vestalinnen; Beschreibung bei Plutarch von der Sänfte, auf der man sie forttrug.

*

Wie die Säge, die ins Holz schneidet.
Die Zerstörung mitten durch das Herz.
Die Zeit in der Dichte der Luft.

*

Ein Blick, der sich verschließt:
als gäbe es weniger Wasser in den Tälern.
Wo kommt es wieder hervor?

*

Statt Schlaf die Nacht betrachten müssen, den Schmerz, den sie bedeckt.

Dann kann man es nur noch mit dem Unmöglichen zu tun haben, kann dem Unmöglichen nur das Unmögliche entgegensetzen. Es gibt einen äußersten Augenblick, wo dies nötig wird (ich spreche nicht von mir, nur von dem, was ich ahne, errate und was allen gemeinsam ist). An dieser Grenze kann allein das stumme Gebet wieder anheben, die sich vor Entsetzen und Schmerz zusammenkauernde Seele, der entwaffnete Geist. Nur ein sinnloses Murmeln kann wieder beginnen, wie ohne Ort, ohne Richtung, ohne Raum, das Stottern vom Grund herauf.

Vielleicht auch ohne jedes Ziel, nur eben als ein Verirrtes gegenwärtig. Gegen die Zähne der zerreißenden Säge. An jenem Punkt, wenn das Handeln nicht mehr das Geringste vermag, wenn die Hand nur noch ohnmächtig innezuhalten, nur noch niederzusinken vermag.

»Du hast mich ans Licht der Welt getragen, nun bist du verbraucht, es geht zu Ende mit dir, du kannst nichts mehr tragen.

Du bist gekommen, du gehst.

Du hast lachen können, eins mit dir selbst, du wirst zerstört und stumm sein.

Du steigst hinab, nicht mehr zu erreichen.

Du bist nur noch die Leere in einem Ring aus Tränen.

Für einen Augenblick der Brennpunkt unserer Gedanken.

Du sinkst immer tiefer ein, dort, wohin wir nicht gehen können.

Vielleicht müssen wir, um dich zu begleiten, uns um so höher erheben, je tiefer du sinkst.

So wie der Himmel sich läutert, wenn der Schatten über die Felder geht?

Je tiefer die Wunde, desto sanfter müßte der Balsam sein?

Das wäre der Weg, wenn kein Weg mehr ist?

Dann wird es mir vielleicht scheinen, als trüge ich dich, zerstört und abwesend wie du bist, so wie du mich trugst, im Anfang und blind.«

*

Man hört ein Stöhnen: wie jemand, der eine zu schwere Last von Lust oder Schmerzen trägt. Ein Pflügen. Wie jemand, der von einer nächtlichen Gewalt besessen ist. Du bist zu Boden geworfen worden, du wirst es noch, aber von einer entgegengesetzten Macht; so wie sich das Leere dem Vollen, wie sich das Eis dem Feuer entgegensetzt.

Wer hat dich so mißhandelt? Du warst ein duftendes Feuer, jetzt bist du gebrochen und zitterst, man wird dich zum Abfall werfen, dich in der Erde verstecken. Deine Schönheit verwirrte den Geist; das Gräßliche deines Endes vermag er nicht einmal aus der Ferne, in Gedanken, zu ertragen.

*

Beginn der *Erinnerungen* von Saint-Simon: eine Welt, in der die Lächerlichkeit eines schlechten Tänzers als etwas ganz Außerordentliches erscheinen kann.

*

Monteverdi: seine Musik ist Flamme, die sich in Ornament verwandelt, ohne daß sie zu brennen aufhörte. Mehr als jede andere läßt sie an Feuer denken, an Nacht und Gestirne. Das ist etwas, was sich zugleich mit Shakespeare und Tizian berührt (zum Beispiel die *Danae,* in Wien). Aber statt daß ein Goldregen auf die Nacktheit sinkt, ist es in diesen Melodien, als erhöbe sich vom Körper, aus der Substanz, aus der samtenen Dichte der Farbe, und bis an den höchsten Punkt des Himmels eine verklärende Macht. In gewissen Arabesken glaubt man sie fast greifen zu können: so in jener, die das Wort *stelle* umspielt in *Ed è pur dunque vero,* oder das Wort *prezzo* in der *Lettera amorosa* (deren Text spielerisch das Haar als Flamme und zugleich eben als herabregnendes Gold zeigt). Wie aufgehende Blumen bleiben diese Figuren immer der unterirdischen Welt der Leidenschaft verbunden. Desgleichen könnte nichts besser mit Tassos Text in dem *Combattimento di Tancredo e Clorinda* zusammenstimmen, der trotz seines erbaulichen Endes so sinnlich ist.

Februar

Die leichte Trübung der Luft, die vorzeitig den Frühling ankündigt, wie ein Schmelzen des Lichts.

*

Das Licht auf dem gelblichen Ackerboden, auf dem Stroh der Erde, dieses Ei. Als erhebe sich dort ein weißer Vogel.

*

Vögel, aus windgeschüttelten Bäumen auffliegend,
inneres Licht, Welt, erhellte Waldungen ...

Uns hingegen widerfuhr Leid
und an der Ausrißstelle bildete sich eine Träne,
eher tröstend schon.
Ist dieses ganze Licht nicht eine weite Träne?
Die Augen weinen, eben weil sie sehen
und weil sie selbst die Form von beständigen Tränen
haben.
Wir sehn den Ort unseres Lebens durch zwei Tränen.

*

Piepsen der Vögel im entfesselten Wind, als ängstigten sie sich, verstört, unstet, wie Seifenblasen.

*

Gestern abend vom Licht des Vorfrühlings überrascht – allein schon davon, wie es länger zu verweilen beginnt; daß es sieben Uhr war und man noch deutlich sehen konnte; gleichzeitig standen hellglänzende Sterne am Himmel, der nasse Asphalt glänzte auch. Vielleicht gab es schon mehr Grün. Man könnte endlos beschreiben ... das Überraschende, Bewegende kam aus einem geheimen, allem Beschreiben vorausliegenden Brennpunkt.

Was hat dieser Gott (der im Geheimnis, in der Tiefe, anwesend zu sein scheint und der nach nichts fragt, der nichts fordert, dieser fügsame Gott) mit Christus gemein, dem schwierigsten? Der Gott des geheimen Ahnens ist nicht moralisch, aber ich spüre ihn näher als den andern.

JUNI

Auf einer Postkarte, die ich aus Venedig erhielt, wunderbares Detail eines Bildes von Tintoretto, *Ariadne und Bacchus.* Wahrscheinlich der Kopf der Ariadne, leicht gesenkt, im Profil, vor einem Abendhimmel, der von einem goldenen Rosa in ein Grünblau übergeht; ihr Haar zugleich Welle und Flamme; und darüber hält eine Hand, ohne ihn aufzudrücken, einen feinen Kranz, geschmückt mit Sternen, die man wirklich funkeln zu sehen glaubt.

*

Das Glück der Klarheit.

*

Zur Zeitschrift *Hermès,* Nr. 1 und Nr. 2.

Wegen meiner periodischen Rückkehr zum *Unmittelbaren* bin ich der Hauptsorge der Redakteure in einem zentralen Punkte nahe. Was mich zum Beispiel in dem Text des Mönchs Hakuin *(Gespräch in einem Boot in der Dämmerung)* wirklich frappiert, ist der Bericht über seine Reise: wie er sich, da es keine Wege gibt, vom Geräusch des Flusses leiten läßt, das Schweigen des Alten, der Fleck im Nebel, der ein Schilfgürtel ist – die Reinheit der Luft, das Gefühl der Bedrückung. Danach erscheinen mir alle medizinischen Theorien langweilig, mir unendlich fern.

Das eigentliche Drama, die Bruchstelle, ist die Beziehung des Unmittelbaren zu dem nicht einfach Gegebenen; etwas, das Michaux ausdrückt *(Le dépouillement par l'espace)*. Es gibt hier auch die Gefahr des Egoismus. In dieser Hinsicht ist der Chassidismus menschlicher, mehr auf den anderen bedacht.

In seiner Betrachtung über den »Brief des Lord Chandos« vernachlässigt Hermann Broch ein wichtiges Element. Dort, wo sich die Krise zuspitzt, bleibt etwas übrig: »Eine Gießkanne, eine auf dem Felde verlassene Egge, alles dies kann das Gefäß meiner Offenbarung werden.« Das wirft ein Licht auf die moderne Dichtung. »Eher ein Hirtenfeuer, als das majestätische Dröhnen der Orgel.« Die allgemeine und beständige Harmonie ist zerbrochen, was übrigbleibt, sind Splitter, und zwischen ihnen leerer Raum, in dem kaum zu leben ist, der sie zu verschlingen droht.

Juli

Ein Gehöft unter mächtigen Eichen: Egge, Schleifstein, Brunnen, blauer Karren, Faßdauben. Schatten und Wind.

Etwas weiter, vor Korn- und Lavendelfeldern, einige Pappeln: im Mittagsschatten rund um ihren Fuß.

*

Haut: Geschwungene, sich neigende Stellen. Bogenschützen.

Das nicht von außen sehen. Es kann kein Schauspiel sein, es ist das, was wirklich erfahren, durchquert wird, das Geheimnis, in dem man lebt, dem man nicht äußerlich sein kann.

Wenn man im Körper ist, im Herzen der Welt, wenn man nicht mehr Blick ist (blieben auch die Augen offen); innen gefangen, der Blick. Dann nur lebt man, als Gefangener; nicht wenn man losgelöst ist.

In diesen schweißglänzenden, glatten, sanften Ketten.
Dies Angekettetsein, diese Blendung liebend.
In diesem dunklen und glänzenden Wasser, in diesem Käfig aus Seufzern, Bad.
Wie im Innern einer Frucht ...

*

Die Feige: Feuer in einer Hülle aus Nacht. Oder auch eine Art Schwamm, Koralle, schwammartig, rosa. Immer kurz vor der Fäulnis.
Hornissen, frenetisch sich paarend.

September

Frühnebel, hin und wieder ein erstickter Knall, schräg fliegende Tauben, wie wenn man Stufe für Stufe höhersteigt.

Oktober

Heftiger Wind: jähes Auffliegen gelber Blätter. Schnelle schwarze Wolken, für einen Augenblick die Sonne verdunkelnd. Ständig weiße Vögel in der Ferne, Tauben. Ihre Farbe im Flußbett des Windes, der Zeit, während man älter wird, sich abmüht oder sich vor der Katastrophe ängstigt, deren Vorstellung allein schon unerträglich ist. Und sonst keine Wahrheit?
Kinder, der Gefahr so ausgesetzt wie jene Blätter.

November

Sieben Uhr morgens: Kastanienbäume wie eine Flamme im Nebel; das Hellgrün des Grases leuchtend zwischen den Weinstöcken. Schwer zu sagen, woran die seltsame Gestalt dieser Bäume (aus denen noch Vogelrufe dringen) erinnert. Wagen, das Aufheulen von Motoren. Mit schnellen Schritten kommt ein Jäger vorüber, hager, gebeugt, wie aus einem Kupferstich von Callot.

1965

Januar

Spaziergang bei mildem, sonnigem Wetter. An einer Stelle, wo der Fluß, über die Ufer tretend, in den vergangenen Jahren große Flächen von Kieseln und Lehm zurückließ und abgestorbenes Holz. Ein Deich schützt die Felder. Auf dem Ventoux und auf den Hügeln liegt Schnee. In Sicherheit dank dieser Deichböschung: eine Wiese, auf ihr drei Pappeln und dahinter ein paar Reihen Zypressen, welche die Felder gegen den Wind abschirmen. In einiger Ferne ein Gehölz, hohe Espen, mit gefällten Stämmen und einer Versammlung großer, weißer Steine davor: wieder einmal ein Ort, der durch das Zusammenstimmen natürlicher Elemente in einem reinen, spröden Licht wie geheiligt erscheint, jedenfalls geheimnisvoll und bewegend. Die ganze Stelle umkäfigt von Bäumen, wie verwunschen in den Bögen des wenigen, lichten Gezweiges. Das Gewässer in mehreren Armen, nichts Totes, Stehendes, ein leichtes Zittern belebt die Oberfläche, das Wasser ist klar (keine Algen, nichts, das wimmelt). Der Flügel des Winters.

August

Passanten, wie Flammen gesehen.

*

Bewegung des Feigenbaums nachts unter dem Mond. In einer so stillen Nacht scheint es, als brauchte man bloß abzuwarten, um doch einen Windhauch zu spüren, schwach wie ein Atemzug, der die Blätter des Weinstocks und des Feigenbaums rascheln ließe – mit einem sanften und zugleich schmirgelrauhen Geräusch wie von Papier. Dann sieht man, wie der tiefschwarze Feigenbaum sich sachte, gelassen bewegt, und einen Augenblick lang scheint er die Welt zu enthalten; wegen dieser leichten Regung inmitten einer großen Stille. Denn es herrscht eine ungewöhnliche Stille, kein Wagen kommt vorbei, kein Hundegebell ist zu hören. Es ist, als beginne man von neuem zu sehen, ein Baum erscheint wieder als das unbegreiflichste Ding.

September

Das Unmögliche: Ereignisse. Das, was man Tag für Tag in den Zeitungen lesen oder sehen muß, ist das im wahrsten Sinne des Wortes Unerträgliche. Es scheint also unmöglich, weiterzumachen; und man macht dennoch weiter. Wie das?

Weil Dichtung mit der Möglichkeit zu tun haben könnte, sich dem Nichtzuertragenden zu stellen. Sich stellen ist wohl zuviel gesagt.

Ich habe heute Schwierigkeiten, mich auszudrücken, weil ich nicht falsch spielen möchte – und mir scheint, die meisten spielen mehr oder weniger falsch, was ihre eigene Erfahrung betrifft; klammern sie aus, lassen sie unter den Tisch fallen.

Dann müßten aber auch gewisse Wörter, die sie immer vermieden, gefürchtet hat, in die Dichtung Eingang finden, ohne daß man sich jedoch dem Naturalismus näherte, der, auf seine Weise, auch Lüge ist. Es gibt einen Bereich zwischen Beckett und Saint-John Perse, die die beiden Extreme bilden und beide etwas Systematisches haben.

Aber das heißt, immer zwei Zoll von dem Unmöglichen entfernt sein.

*

Die Magierin ist jetzt ohne Macht. Die Pforten öffnen sich nicht mehr.

Sie leidet darunter. Verbraucht, wie sie ist, schreit sie. Ihre Schreie sind Traurigkeit, ihre Wutanfälle Schmerz.

Die Tage sind Werkzeuge, die ihr zusetzen; sie schreit auf unter ihrem Druck.

Man entzieht ihr jede Deckung, jeden Schutz, jeden Halt. Es ist, als risse man ihr die Haut ab.

*

Erfinderische Kinder, wie wird man euch ohrfeigen!

*

Anscheinend gibt es kein Wort, das genug Gewicht hätte und einfach genug wäre, um neben dem Ekelhaften zu bestehen; eben dies möchte man finden.

Pflug. Der Pflug, der einen lostrennt: von der Sanftheit, vom Licht. Wer drückt mit solcher Last auf ihn, auf seine Griffe?

So wenig Zeit. Die Frist, so kurz. Wie irgend etwas ergreifen? Kaum hat man geträumt, hetzen einen andere Träumer.

*

Offenes, wieder geschlossenes Auge: was ist gewonnen, erworben, verändert, erreicht?

Seien wir ausdauernd wie die Tiere.

*

Der treffende Ausdruck, ja, wenn er erhellt, wenn er einen Weg zeigt.

*

Ich taste nach dem verlorenen Faden. So werden die Instrumente des Orchesters gestimmt, in einem großen Durcheinander.

Dennoch gibt es weiterhin leuchtendes Gewölk, hoch in die Luft erhobene Felsen, rosa und violette Farben in den Steinen.

*

Vielleicht müßte man sich einer weniger metaphysischen Ausdrucksweise nähern: dann wird der Tod Pflege, Handreichung, Geduld, Furcht und Schwäche, Wunden und Verband; keine großen Worte mehr, nicht einmal ein Kämpfen, sondern bloß: die Hand, die da ist, ein Lächeln, Tränen, Wachen. Keinerlei Offenbarung: Geduld, Schmerz, Angst, Erstaunen. Schwäche vor allem, vielleicht, kindliche Schwäche; kindliche Verlorenheit. Nichts Großartiges. Und dennoch …

*

Trauben und Feigen, die Brut des Gebirges, unter den langsamen Wolken und dem hohen, kühlen Himmel – werden sie mir noch lange den Weg zeigen wie bisher?

*

Schnee der Luft, Gletscher in der Schwebe, dort verweilend, wo die Sonne, auf nichts mehr treffend, nicht mehr wärmt.

*

Stimme des Kindes: ganz in einer hohen und anmutigen Tonlage, die an Worte wie »Glöckchen« und »Läuten« denken läßt (*»sonnailles«, »clarines«*), und an die Frische des Grases, der Bergwiesen, wo man sie vor allem an blauen Abenden hört.

*

Apfelbäume im Garten. Dieses Purpurrot, dieses Wachsgelb; ihren Sinn erfassen. Niedrige, beladene Bäume, einander nahe, verbunden. Der Schatten und das Gras darunter. Der Herbst. Der Bach, in den die Zweige des Nußbaums ihre Spitzen tauchen, oder doch beinahe.

Von Glut, von Kugeln gläserner Glut zu sprechen, wie ich es in einem Gedicht der *Airs* getan habe, ist eine unbefriedigende und zum Teil falsche Annäherung. Das Wort »Purpur« sagt etwas Treffendes, doch nicht alles. Das Runde, das Harte des Fruchtfleisches werden deutlich, aber es kann sich nicht darum handeln, dies alles durch die Lupe zu sehen. Nur darum, es im *Vorübergehen* und *von fern*, doch auf eine *unmittelbare und tiefe* Weise zu erfassen. Im Grunde beschäftige ich mich gar nicht so sehr mit den *Eigenschaften des Baumes* – wie dies Francis Ponge so wunderbar tut. Man erfaßt im Augenblick eine Kombination von Elementen; doch ist dies alles nicht im geringsten abstrakt, auch nicht allgemein, denn andere Baumarten würden wohl einen ähnlichen, aber nicht denselben Eindruck hervorrufen. Da ist die Vorstellung des Feuers, eines wie im Nest des Laubes eingeschlafenen Feuers; die Vorstellung einer Kugel, des Runden, der Frucht im allgemeinen; zugleich aber etwas Rauhes, etwas Bäuerliches, das dem Apfelbaum eigen ist, etwas, das eher zerzaust als harmonisch ist, jedenfalls unregelmäßig, rauh, einfach und gewöhnlich. Das Gegenteil von Exotik oder Luxus, woran andere Obstbäume hier denken lassen könnten, auch nichts Biblisches, wie beim Feigenbaum. Man ist auf dem Lande, in Europa, also auch in der Kindheit, bei den Eltern, zu Hause. Er steht in der Mitte. Dienstbar. Bäume – wie Mägde auf einem Bauernhof. Es ist also das Nahe mit dem Fernen zu verbinden, Augenblick und Dauer, das Besondere und das Gewöhnliche, und dies in einem einzigen Moment voller Frische, ja voller Sorglosigkeit – nicht beflissen, nicht nachdrücklich, nicht bemüht. Alles Suchen im Ausdruck müßte verschwinden. Im Vorübergehen, während der Geist sich um etwas anderes sorgte, vielleicht verzweifelt war, wurde ihm dieses Zeichen zuteil, dieses Geschenk.

*

Wieder einer dieser Tage, wo alles in der Schwebe scheint und blendet. Zitternder, elender Körper, in diesem sanften und lichten Raum.

Blumen, lavendelblau, im Inneren gelb, blauviolett, rosa-malvenfarben, in herabhängenden Sträußen. Große gelbe Blumen zwischen den dunklen Grüntönen, ihr Leuchten, etwas, das mit dem Wort »Sonne«, wieder einmal, schlecht ausgedrückt wäre. Nicht zu entzifferndes Gelb, das man doch enträtseln müßte, wie um davon gestärkt zu werden.

Kinder, ganz gelöst im Schlaf.

Oktober

Laubfeuer, die nach Pferd, nach Stall riechen.

Morgens beschlagene, dampfende Erde. Was für mich im Wort *buanderie* mitschwingt. Ein solches Waschhaus befand sich, in L., in dem seltsamen Stadtviertel am Tunnel. Ein armes, enges Viertel, mit kleinen Läden und etwas zwielichtigen Cafés, Lagerhallen, vielleicht einem Sägewerk. Viele schmale Balkone, wie sie aus der gezierten Architektur der Jahrhundertwende nicht wegzudenken sind, auf denen sich fast nie jemand aufhält. In dem Waschhaus befand sich das Schwimmbad, wo der Turnlehrer mir im Winter das Schwimmen hätte beibringen sollen. Mit diesem Ort verband sich in meiner Vorstellung immer etwas Unheilvolles und Zweifelhaftes – der Dampfgeruch eines Waschtags.

*

Der wundervolle Anfang des *Purgatorio*; und im 2. Gesang das Kommen des Engels, seine weißen Flügel. Dann Casella, der mit seinem Gedicht beginnt, und jene unermeßliche Sanftheit, die die Pilger ergreift. Unnachahmlich, die schamvolle Zurückhaltung sowie das Durchhalten des Tons, der nur leichte Variationen gestattet.

Zu Anfang des 12. Gesangs jene Stimmen, jene in der Luft schwebenden Sätze, wie sie abbrechen.

*

Waldstück, Steineichen: ihre Farbe, die Farbe des Lichts in ihrem Schatten und an ihnen selbst, kaum zu erfassen; die hellgrüne Flechte an ihrem Stamm. Dem nachgehen.

Der angeschwollene, trübgewordene Fluß; er trägt die Milch des Winters davon. In dem Maße, wie das Licht schwächer wird, lichtet sich das Laub.

*

Der Winter, wie schönes Holz, wie ein altes Möbelstück.

1966

März

Der kleine rosafarbene Pfirsichbaum in der Ferne, in einer Ecke der hellgrünen Wiese. Nichts sonst, Pfeil, der bis in unser Innerstes dringt.

*

Das Strahlende an manchen Aufzeichnungen von Joubert, von Senancour (bei letzterem mitten in einem Wust von weitschweifigen Betrachtungen und Klagen).

Joubert: »Dieser Globus ist ein Wassertropfen; die Welt ist ein Lufttropfen. Marmor ist verdichtete Luft.« »Nur das vom Himmel fallende Wasser kann als Tropfen fortleben und wie der Tau glänzen.« »Unser Leben ist gewebter Wind.«

Und die schöne Stelle, wo sich Oberman über die Blumen beugt: »Wären die Blumen vor unseren Augen bloß schön, bliebe doch noch etwas Verführerisches an ihnen; aber manchmal hat ihr Duft, wie eine glückliche Lebenslage, wie ein plötzlicher Ruf, zur Folge, daß man zu einem tiefer innen waltenden Leben zurückkehrt ...« Während all dieser Jahre habe ich kaum an etwas anderes als an eine solche Rückkehr gedacht, angesprochen und mitgezogen von Dingen, die auch mir nie »bloß schön« erschienen.

April

Schlaflosigkeit: mit Schaudern an manche Menschenleben gedacht, deren Verlauf ich seit meiner Kindheit ganz in meiner Nähe sah, die mir zuerst beinahe heldenhaft, jedenfalls glänzend erschienen und die in der ausweglosen Not der Krankheit zu Ende gehen. Männer, die so selbstsicher waren, so voll eitlen Stolzes irgendwelcher Ehrungen wegen, und die zu einem Häufchen Elend zusammensinken. Daraufhin sehr früh aufgestanden, das Wasser des Tagwerdens empfangen, und all dies Dunkle ist abgewaschen.

Mai

Ein Kleefeld, nicht wirklich rosa, sondern fast erdfarben, von der Farbe eben verlöschender Glut. Nachtigallen in allen Büschen.

Ein Kranz aus weißen Rosen. Das schütter gewordene Haar eines alten, schwerkranken Mannes – daran muß ich dieses Jahr beim Anblick des großen Rosenstrauchs denken. Dabei fällt mir König Lear im Sturm ein. Er hat keine Kraft mehr; der geringste Duft ist ihm eine Qual, obwohl er doch überhaupt nicht empfindlich war.

*

Ein Text von Borges, aus dem Jahre 1930, *Die abergläubische Ethik des Lesers,* entwickelt folgendes Motiv, das man bei einem so subtilen Stilisten nicht erwartet hätte: »Die vollkommene Seite, die Seite, auf der kein Wort ohne Schaden verändert werden kann, ist von allen die gefährdetste.« Er faßt die Zeit ins Auge (ist sie nicht gekommen?), wo die Literatur »ihr Ende umwerben« und stumm werden wird. Er stellt Cervantes gegen (und über) Góngora.

Ich empfand etwas Ähnliches, als ich auf den Teil von Ponges *Malherbe* reagierte, in dem er sich nicht scheut, Malherbe und Góngora den Vorzug vor Cervantes und Shakespeare zu geben.

*

Blumenduft: den Duft einer Schwertlilie oder einer Rose einzuatmen ist die einzige Gebärde, die mich unmittelbar und unwiderstehlich in die Kindheit zurückversetzt; und zwar nicht so, als erinnerte ich mich an einen bestimmten Augenblick, sondern als wäre ich, für die Zeitspanne eines Blitzes, in sie zurückgekehrt. Es ist seltsam, daß sich die Gegenwart eines schon fernen Lebensalters mit dem Vergänglichsten, dem Unsichtbarsten verbunden hat, dem Hauch so kurzlebiger Wesen.

*

Extreme Zaghaftigkeit der Vögel. Ihre Scheu bei der geringsten Störung des Gewohnten.

*

Wozu sollte man jeden Morgen dieses Wasser des Tagwerdens getrunken haben?

*

Beziehung zwischen Seele und Häßlichkeit. Der Geschlechtsakt der Pflanzen, der Insekten. Erst bei den höheren Tieren verletzt dies (für den Betrachter) das Schamgefühl.

Das Gleiche gilt von den Wunden, Krankheiten, usw. Wegen eines Traums von Unschuld gehen wir zu den Dingen, wie zu einer Taufe.

Welche Stelle sollen wir dem Niedrigen einräumen? Preis, der für einen höheren Zustand zu zahlen ist? Durch die Wunden gelangt man – wohin? Wunde der Augen.

Jeden Morgen neu getauft vom Tag.

Melittensträuße. Ich wohne in einer griechischen Landschaft.

*

Der Schatten der Bäume auf den ganz geöffneten Blumen.

*

Ich habe jetzt diesen Schatten des Schmerzes im Rücken, was ich auch schreibe, er läßt mir alle Gedichte, die ich geschrieben habe, zu flüssig erscheinen, aber fast auch jeden Satz. Da kein Wort Schmerz ist, da jedes, im Gegenteil, Abstand hält, intakt bleibt.

Ein verletztes Licht, wie ich es mir angesichts des Rembrandt in Köln vorstelle – ist das nicht Christus? Man konnte nicht mehr an einen unversehrten Gott glauben, er genügte nicht mehr. Aber ein Gott, von dem man nur noch die Wunden sieht? So ist es nun auch an mir, zu entdecken, daß ich zwischen den jungen griechischen Göttern und dem gekreuzigten Gott stehe, zwischen den Göttern der Jugend und denen, die kommen mußten, als die Menschheit sich alt und krank fühlte. Ich verändere mich viel weniger, als ich manchmal schon geglaubt habe. Mit einer Kerze stehe ich wieder am Bett der alten Frau G., in dem großen Zimmer mit den geschlossenen Läden. Ich sage immer wieder nur dasselbe; könnte darin wenigstens immer mehr Wahrheit sein.

*

Vögel, die sich von Würmern ernähren. Fähig zum Flug, weil sie von der Erde gegessen haben.

*

All das, was uns in den Landschaften hier mit dem sehr Alten und Elementaren verbindet, macht ihre Größe aus – im Vergleich zu anderen, wo diese Bilder (bloße Täuschungen manchmal, aber dennoch bezeichnend) nicht oder weniger gegenwärtig sind. Vor allem der abgenutzte, von Flechte gefleckte Stein, der einem Fell ähnelt oder Pflanzlichem, die Rinden; die Mauern, die meist zu nichts mehr nütze sind, in Waldungen; die Brunnen; die von Efeu überwucherten, verlassenen Häuser. In diesem Augenblick der Geschichte, da der Mensch weiter als je zuvor vom Elementaren entfernt ist, bringen diese Landschaften, in denen das Bauwerk von Menschenhand sich schlecht vom Fels und von der Erde unterscheiden läßt, etwas in uns zum Schwingen; der Traum von einem Weg zurück kann hier Nahrung finden, etwas, wofür viele empfänglich sind, denen vor der seltsamen Zukunft schaudert, die sich abzeichnet. Wir erkennen, daß kein sehr großer Unterschied besteht zwischen den Alyscamps und den verödeten Steinbrüchen von Saint-Restitut, die an das Forum Romanum denken lassen. Vor jenen Brunnen und unterirdischen Kanalisationsanlagen, die vielleicht von den Römern gebaut wurden, oder auch viel später, gleichviel, fühlen wir uns in Verbindung mit einem Geheimnis heidnischer Art. Ist es nur ein Spiel? Oder Flucht? Es scheint uns, als gäbe es, überall verstreut, noch Stelen, noch Spuren von Tempeln. Was bedeutet dies, und welcher Nutzen, welche Lehre ließe sich für uns daraus ziehen?

Nicht selten begegnen wir *Orten* oder durchwandern sie, während es anderswo keine mehr gibt. Was ist ein *Ort*? Eine Art Mitte, die zu einem Ganzen in Beziehung gesetzt wurde; die kein losgelöster, verlorener, sinnvoller Platz mehr ist. An diesem Punkt errichtete man einst Altäre, Steine. Im Val des Nymphes wird das ganz deutlich. An diesen Orten gibt es eine Verbindung, einen Austausch zwischen den Welten, zwischen oben und unten, und weil es eine Mitte ist, hat man nicht das Bedürfnis, wieder fortzugehen, es herrscht dort eine gesammelte Ruhe. Vielleicht ist dieses steinige Gehege mit seinen von der Zeit geschleiften Mauern, wo still die Eichen wachsen und durch das manchmal ein Kaninchen, ein Rebhuhn läuft, unsere Kirche. In die anderen einzutreten zögern wir wegen der schablonenhaften Vorstellungen, die sie zwischen das Göttliche und uns schieben. Natürlich findet man hier nicht, aus welcher Not auch immer, »ins Freie«.

In einer allein aus solchen Orten gewebten Welt, so scheint es uns, hätten wir noch Wagnisse eingehen und unsere Niederlage hinnehmen können. Diese Orte helfen uns; es hat seinen Grund, daß jene, die sich auf die Suche nach ihnen machen (oft ohne zu wissen, warum), immer zahlreicher werden. Sie ertragen es nicht mehr, dem Raum entfremdet zu sein. Erst dort beginnen sie wieder zu atmen, ein Leben für möglich zu halten. Was solche Orte spenden, ist uns hier in gewissem Sinn zugute gekommen, und wir haben uns eine Existenz eingerichtet, die weniger falsch ist als viele andere. Aber das bringt auch ein seltsames Fernrücken des Aktuellen und manche Gefahr mit sich. Doch privilegiert sind wir, zugegeben.

Unschuld und Kultur: das Beste der Kultur behält stets einen Abglanz ursprünglicher Unschuld an sich, ist ihr nicht entgegengesetzt. Auch die Werke, die wir lieben, berühren sich mit den »Orten«, selbst wenn sie einem anderen Bereich angehören, etc. Es gibt keine andere Kultur: nur die, welche die Unschuld, das Ursprüngliche bewahrt und weitergibt. Alles übrige sollte einen anderen Namen tragen.

In unserm Schweigen nistet das Gute; in unserer Abgeschiedenheit reift die Kraft, aus ihr herauszufinden.

Juni

Die langen Abende, wärmer, der Mond rosa oder orange, die Welt blau, schwebend, voller Sanftheit.

Voll Schrecklichem.

*

Wirklich voller Sanftheit, und wie voller Güte. Diese Nächte mit dem Vollmond, der eher gelb ist als rosa oder orange, wo die Bäume wegen eines schwachen Windzugs zu atmen scheinen, sind wie ein Balsam; so lau und still, daß sich die Brust löst. Langsames, unmerkliches Höherschweben jener weizenfarbenen Kugel; Hauch des Laubs; Grillen und Eulen, Nachtigallen, die einzigen Geräusche, die noch zu hören sind.

In dieses milchstille Wasser tauchen, und sei es auch nur für eine Weile, bevor man wieder zurechtgewiesen wird. Schlafen oder sprechen wir in dieser Wiege aus Luft.

*

Jetzt wieder schwere Wolken am Himmel; es ist schwül. Mehr braucht es gar nicht, schon läßt die Hand los. Diese Schläge aus der Ferne, die immer wieder treffen, sei es auch bloß durch Drohungen oder Bilder, erschöpfen einen. Dennoch hört man die helle Stimme eines Kindes, berührt seine heile, frische Haut. Ihr Staunen, ihre Traurigkeit, wenn sie größer werden, über alles, was Schatten oder Schmerz ist. Bange blickt man voraus, auf das, was sie erwartet.

Man glaubt reglos zu verharren, und es geht langsam hinab. Diesem Fallen ein Aufsteigen abgewinnen.

*

Schon trockene Gräser auf den Wiesen. Wie Federn: leicht, fast weiß, strohfarben, von fast unsichtbaren Halmen getragen, ein wenig über dem dichteren Gras und immer in Bewegung, wenn auch ohne jeden Laut. Trokken und leicht, wie Knochen von Gräsern. Wippende, schwerelose Federbüsche. Felder, die sich bis zu den niedrigen Mauern erstrecken: windbewegt oder kompakt.

*

Das Wasser der Gedanken: Worte, um die Seele zu waschen.

*

Die Gefühlskraft der Worte: um so größer, je verborgener sie ist. Was mir Chagall über Mozart gesagt hat: je transparenter seine Musik, desto deutlicher ist der Tod darin zu spüren. Ich bin nicht sicher, daß das stimmt, aber es ist etwas Wahres und etwas Schönes an diesem Gedanken. Gesetz des Widerspruchs: je mehr die Literatur reine Inspiration sein will, desto wortbefangener scheint sie (Surrealismus). Was nicht bedeutet, daß sie im Verbalen aufgehen muß, um inspiriert zu erscheinen.

*

Die Dinge fest an der Stelle halten, die ihnen zusteht; daß der Tod nicht wirklich auf das Leben übergreife. Notwendigkeit, Wohltat der Schranken (Henri Michaux mit unverminderter Bewunderung wiederlesend).

Diese Begrenzungen sollten wie die alten Mauern um die Felder und Waldungen hier sein: alt, von Menschenhand, und weniger ein Anhalten oder Einschließen bezeichnend, als eine Art Gerechtigkeit, ein Ordnen, das ohne Pedanterie geschähe, das fruchtbar wäre. *Barricades mystérieuses**. Fruchtbares Maß.

*

Die Güte lichtet, lüftet. Grausamkeit schließt ein. Enge Beziehung zwischen dem Erotischen und dem Theater: das Rote, das Schwarze, der Goldglanz. Sades Schlösser.

*

* François Couperin. Titel eines Stücks für Cembalo (PREMIER LIVRE, VIe ordre, 1717).

Das kleine Mädchen sagt, es denke nachts an traurige Dinge; an den Tod seiner Eltern. Es sind rasch vorüberfliegende Vögel an seinem Himmel; ihr Schatten auf seinen Spielen, auf seiner Quelle.

Juli

Wenn ich heute dem Geräusch der Tage lausche
was werde ich hören
nichts als ihren Sturz
in die unbekannte Tiefe?
Ein Aufleuchten ist man, hat kein stärkeres Sein
als ein Knoten aus Wasser und Licht.

In Bilder verwandeltes Leben, jeden Tag etwas mehr auf Bilder beschränktes Leben.

Sie werden gefiltert in uns.

Der Dichter gibt die reinsten wieder.

Unser Körper aus Bildern, aus Erinnerung.

All diese Mühe, diese Qualen manchmal, für eine schwebende Bilderkugel. Dicht versammelt in uns wie die Samenkörner in einer Frucht.

Wunden ohne Spur in der Luft, sie nicht ritzend.

Erde, die seit dem Anfang der Welt die Fäulnis auf zehrt.

In uns lagern sich Bilder ab, werden in uns versenkt wie eine Schiffsladung Blumen. Sinken auf den Grund.

Was könnte wesenloser sein als ein Leben mit seiner Bilderlast, und doch ahnt man ein anderes, größeres Maß.

Soviel Mühe für einen Knoten aus Luft! so rasch, so leicht gelöst!

*

Das trifft die Sache nicht ganz. »Knoten aus Luft« ist schnell gesagt. Aus der Ferne mag es so aussehen. Aber im jeweiligen Augenblick und aus der Nähe? Das Erstaunlichste ist vielleicht: daß die Wirklichkeit immer nur der unmittelbare Augenblick ist. Vergangenheit und Zukunft, auf beiden Seiten davon, sind bloße Ansammlungen von Bildern. So heftig der Schmerz auch sein mag, er ist doch nur der eines Augenblicks; der von gestern existiert schon nur noch als Bild.

Wie der Faden im Stoff kommen wir voran. Die Einstiche der Nadel: von Augenblick zu Augenblick. Wir lassen ein Muster zurück, eine Spur in der Vergangenheit, diesem durchquerten Stoff.

In gewissem Sinne sind wir nur in der Begegnung mit dem Gegenwärtigen wirklich: dort, wo der Bug das Wasser teilt. Davor ist noch nichts, und was zurückbleibt, sind ein paar schnell verschwindende Linien.

Indessen gibt es die Erinnerung, die noch auf die Gegenwart einwirkt, und sogar die bange Erwartung der Zukunft: die eine wie die andere stimulierend oder hemmend, je nachdem. So wird eine durchgehende Bewegung geschaffen, eine gewisse Kontinuität gewahrt.

Maß des Schmerzes – Maße des Himmels. Haben sie eines, das ihnen gemeinsam ist? Am All gemessen, ist der furchtbarste Todeskampf weniger als ein Riß in einem Blütenblatt; unendlich viel weniger; aber daß dies falsch ist, scheint uns offensichtlich. Deshalb die Vorstellung von zwei verschiedenen Ordnungen. Und daß, wenn ein Schmerz tiefer sein kann als das All, auch eine Freude es zu sein vermöchte oder vielmehr, daß sie mit jenen Maßeinheiten nicht zu messen ist. Sie muß ihnen fremd bleiben, sich ihnen entziehen, *anderswo* stattfinden als im Raum. Vielleicht leiden wir nur in dem Maße, wie wir mit der Zeit und dem Raum in Widerstreit geraten und wie uns das quält, was uns begrenzt.

Dann wäre die ganze Welt, die sichtbare Welt, nur mehr ein Bild, in dem wir nicht wirklich anwesend sind.

August

Alles, was ich geschrieben habe, und wohl vor allem das, was mehr Helle, mehr Heiterkeit zeigt, entstand nur, um das Unbekannte wegzudrängen, die Angst fernzuhalten, die jetzt näher kommt und in manchen Nächten triumphiert. Keine Stelle, wo uns der tastende Strahl tödlichen Lichts nicht aufspürte, von dem man glaubt, er schließe uns die Zukunft auf.

Wo ist das Wesen, das uns Kraft verliehe? das uns eine Atempause gönnte, wo wir doch kaum noch aus der Müdigkeit herauskommen. Was ist Auferstehung? Die Geschichte eines Traums?

Das höchste Wesen ist ferner als das äußerste Ende des Himmels, unbekannter als das Unbekannte. Ein Kind hat reichlich Zeit, sich auszuweinen vor Schmerzen, bevor es eingriffe.

Wie etwas bauen?

Manchmal kann ich die heruntergekommenen jungen Leute verstehen, die sich auf den Steinen der Städte ausstrecken und die nur vage, nur hin und wieder, von der Lust geweckt werden: warum aufrecht stehen, warum Kinder zeugen, warum etwas durchhalten und überliefern in einer solchen Welt. Diese Preisgabe von allem muß ihrer Trägheit nur allzu gelegen kommen.

Andere erfaßt die Hast. Kaum im heiratsfähigen Alter, entblößen die Mädchen ihre Beine. Mit den verlockendsten Bildern sind sie großgeworden; jetzt blicken sie sich um: wer wird sie durch die erhoffte Lust ihrem Dahintreiben, ihrer Langeweile entreißen? Man kann das sogar auf den Dorfstraßen beobachten. Eine jede hat, wie der Jäger seinen Hund, wie der Narr seinen König, ihren Apparat, ihren kleinen Kasten dabei, aus dem unablässig der Lockruf moderner Kaufhaushexen und berauschende, aus Abfall komponierte Klänge dringen. Sie wiegen sich in den Hüften beim Gehen, die Zigarette in der Hand, eine Art Trunkenheit erfaßt sie von den Ausdünstungen dieses Mülls, dabei sind sie oft so hübsch, mit den frischen Farben ihrer Kleider, ihren komplizierten Frisuren, so animalisch mit ihren langen, braunen Beinen, so töricht, oder so hilflos – während sie selbst sich als herrliche Fregatten vorkommen, die vor »glänzenden Städten« kreuzen.

Sie haben es eilig: schnell bemalen sie sich das Gesicht wie die Wilden für ihren Krieg; sie gehen aus, gehen mit, schließen die Augen, sie wollen die Lust erfahren, bald werden sie alt sein, wird alles zu verpesteter Asche zerfallen. Doch was sie auch tun, wenn sie wüßten, wie rasch ihre Farben verbleichen, wie bald ihre Schminke und ihre Federn tränenfeucht sein werden. Sie laufen umher, ungeduldig, nicht zu zügeln, um die Bienenkästen der Motoren herum, im Lärm der Betonmischmaschinen, vor den Häusern, die auf raschen Einsturz hin gebaut wurden. Welche Geduld werden sie brauchen, um diesen hastigen Lauf zu bezahlen! Aber wie könnte man ihnen Vorwürfe machen, wenn man die Welt sieht, in der sie leben? Einem Ameisenhaufen gleich, in dem eines Tages ein mächtiger Stock gewühlt hat, um zu sehen, was passiert. Stock von Hiroshima. Knüppel des Wissens.

Sie laufen, glauben sich emporzuschwingen, dabei flüchten sie nur. Man darf von ihnen keine Anstrengung verlangen; schon nimmt ihr Hirn nur noch vorgekaute Nahrung auf; das muß ins Ohr sickern wie verflüssigter Balsam und darf ja nicht aufhören zu rinnen. Allein schon die Unterbrechung dieses Fließens ist eine Anstrengung, ein Wagnis. Sie greifen zu faden, süßlich duftenden Lösungen, bald wird ihnen der Zucker zu herb vorkommen. Oder aber sie brauchen, aus ihrer Lethargie erwacht, den Schock, den brutalen Anstoß; sie waren Larven, Insektenpuppen, jetzt sind sie Puppen, die man schüttelt und schlägt. Sie öffnen die Lippen, und man fragt sich, ob Schaum hervortreten wird. Dann sinken sie zusammen unter der hämmernden Beschallung. Kastalische Nymphen, Dryaden ... Es sind nur noch zerbrochene Insekten. Geblendet von der neuen Sonne, der höllischen Sonne; von ihrem Knüppel erschlagen.

Oktober

Abends beim Pflücken einer Weintraube, plötzlich die leuchtende Kugel, die Beere des Monds; ich halte die Traube in meiner Hand.

*

Das ideale Buch ist nicht die Gedichtsammlung; Gedichte enthielte es nur in seinen reinsten Momenten, wie Festtage im Jahr (die idyllischen Episoden im *Don Quichotte*?). Aber dieses ideale Buch besteht eigentlich aus mehreren Büchern verschiedener Verfasser, von denen jeder nur bestimmte Aspekte zu realisieren, nur gewisse Seiten zu schreiben vermag.

*

Fibrilles von Michel Leiris: ein Mann, der ehrlich gesteht, daß er zerrissen ist durch die Spannung von Schönheit und Wahrheit. Rührt das vielleicht daher, daß er sich von der Schönheit eine falsche Vorstellung macht? Als guter Schüler Bretons, dessen Tonfall man hin und wieder bei ihm heraushört, sieht er die Dichtung in einem Bereich *off limits* angesiedelt, das heißt in gewissem Sinne außerhalb des Gesetzes. Aber ist das genau ihr Ort?

*

Phaidon: Sich unschön ausdrücken ist nicht nur eben fehlerhaft, sondern bildet auch etwas Böses ein in die Seele.

*

Himmel wie bleicher Schwefel, furchteinflößende Gewitter, außerhalb ihrer Jahreszeit, als hätten sie einen höllischen Grund.

NOVEMBER

Phaidon: als müßte, notwendigerweise, ein Punkt für immer zweifelhaft bleiben, sich dem Zugriff des Denkens entziehen, in dichterischer Ungewißheit schweben: flüchtiges Licht.

Beim Wiederlesen des *Phaidon* wird man keineswegs durch den Gedankengang selbst überzeugt, der an einen gelungenen Zaubertrick denken läßt, auch nicht durch den Mythos, der einem kindlich vorkommen kann; man wird vom *Beispiel* des Sokrates ergriffen, das eines der höchsten ist, die es gibt (ob man ihm hier im Angesicht des Todes, in der Nacht des *Gastmahls* begegnet, oder in anderen Augenblicken seines Lebens, wo er stets das Inbild eines lächelnden Triumphs des Geistes ist). Man wird ergriffen davon (ein Beispiel für jene »einzigen Zeugen«, denen in späterer Zeit Pascal Glauben schenken wird). Und zugleich wird man hellhörig durch dieses Motiv der *Läuterung* der Seele, die für unsterblich gehalten wird in dem Maße, wie sie sich dem Reinen zuwendet, für göttlich in dem Maße, wie sie zum Göttlichen strebt. Es ist dies wohl eine ursprüngliche Bewegung nach oben; aber auch der Keim der christlichen Verdammung des Körpers. Eine den Philosophen vorbehaltene Ewigkeit?

*

In Freundschaft mit den Waldungen leben. Wie kommt es, daß Steine, weiches Moos, Efeu, morsches Holz, Pilze, daß alles, was im Unterholz den Boden ausmacht, uns solche *Güte* zu erweisen scheint? Als würden wir in einer

Hand getragen, von ihr gehalten, aufgefangen. Tisch und Bett zugleich?

Über die Felsen hinfließendes Wasser: als würden sie sich auftun.

Unter den Bäumen, unter dem lichtdurchbrochenen Schutzdach der Eichen. Doch da ist noch mehr. So absurd es sein mag, das Wort »Freundschaft« kommt mir wieder auf die Lippen. Unter dem Segen der Bäume. Zwischen unserem Herzen und der allzu lastenden Unendlichkeit ihre leichte, zitternde Vermittlung, ihre Heiterkeit. Ihr poröses, beim geringsten Lufthauch sich regendes Dach. Blatt: zwischen Dachziegel und Vogel. Unter diesen Tausenden von Ziegeln, ihrem Flügelschlag oder ihrem Dahintreiben; unter diesem Lichtfilter, Unendlichkeitsfilter. Unter diesen Fächern, von denen der Winter nichts übrigläßt als die Griffe aus rauhem Holz.

Indem man so der Bewegung des nach Analogien suchenden Geistes folgt, läßt man sich hinreißen; schon ist es etwas anderes, an dem man da Gefallen hat, eine andere Art von Schönheit; und wieder einmal muß man im nachhinein zugeben: das war es nicht. Es war die Erde, das Holz, das Laub, der Himmel; der Spaziergang, das Aufatmen für einen Augenblick, ein wenig mehr Unschuld. Es war auch das, was ewig zu währen scheint, indem es, stets sich selbst gleich und doch nicht eintönig, immer wieder von neuem beginnt. Es war die Zeit, wenn sie wie ein Patriarch oder wie eine Mutter lächelt. Das Unvordenkliche. Das dem verstörten Geist Entgegengesetzte. Das offene Haus. Ein Haus mit offenen Fenstern, offenen Türen, der Wald. Das Licht geht darin herum wie auf Straßen. Geht vorüber, tritt ein, kommt heraus. Das Licht oder die traumhafte Blöße, die nicht mehr einzuholende Gestalt?

*

Und plötzlich sind die Bäume gelb unter den Wolken, die ihre eigene unaufhörliche Bewegung haben; ein Gelb, das schwer zu beschreiben ist, nicht das der Zitrone, nicht das des Korns, nicht das der Sonne. Etwas Bleiches, Kühles. Die Farbe mancher Gefieder (und die ganze Landschaft wie eine Voliere mit Kanarienvögeln?).

(Ein Blatt aus der Nähe: man sieht, daß sein Gelb ein Bleichwerden ist, eine Entfärbung des Grüns, von dem ein wenig übrigbleibt am Ansatz des Stiels. Das Grün zieht sich zurück, flieht wie ein Wasser, und der gelbe Grund erobert die ganze Fläche.)

Wasser in den Wagenspuren blinkend; oder wie Eisenstücke.

An anderen Stellen des Geländes ist jenes Laub wirklich Feuer. Sehr gegenwärtig ist die Vorstellung von *Verwandlung*, von Getroffensein, Verwundung und von einer Antwort auf diese Verletzung. Laub von den Farben des Abendhimmels (schon oft notiert, aber es trifft). Antwort auf die Zeit? All diese Wälder wie ein Sonnenuntergang, als ginge die Sonne des Jahres unter.

Oder: eine letzte Folie, ein letzter Schmuck. Bevor man das tragende Gerüst erblickt. Die Erde ist ein Schiffsrumpf, von dem die Farbe abblättert. Mit dem Regen zurückbleiben, unter dem Gebälk des Himmels. Entblößt sein, dafür um so beharrlicher.

*

Wieder heftiger Nordwind, auftrocknend, reinigend. Von neuem fast ganz klarer Himmel. Die Kastanienbäume stehen auf einmal ganz ohne Laub da. Man sieht, wie die schwarzen Krähen von den Windstößen emporgetragen werden, als seien es Blätter: das muß ein Spiel sein. Der Baum ist dabei, sein Laubkleid abzustreifen. Doch was hervortritt, ist kein entblößter Körper, sondern, schwarz wie Kohle, der Knochenbau. Oder besser: ein Gerüst; Knochenbau läßt an ein Skelett denken, und hier ist nichts

Düsteres, nichts Unheimliches. Das Gerüst ist ebenso schön wie der Laubschmuck, nicht mehr und nicht weniger, doch von einer anderen Schönheit. (Man könnte eher an noch nicht ganz verbranntes Holz denken, wie man es im Innern eines Feuers sieht, vor allem wenn es schwächer wird.) Mastwerk, wenn die Segel eingerollt sind. Was uns an diesen nackten Bäumen rührt, ist ihr Schwung, wie sie sich nach oben hin öffnen, jener bruchlose Übergang vom rauhen Stamm zum ganz feinen, äußersten Geäst: anmutig verzweigt sich das Eine zur Vielfalt. (Plötzlich sind meine Hände rosig. Beinahe hastig ist die Sonne aufgegangen, ohne Vorankündigung, weil keine Wolken da sind. Der ferne Glutofen, die Hölle, die, so weit weg, zum Segen wird. Sie erscheint mir heute morgen als das spiegelnde Herz einer im Osten aufsteigenden Gestalt. Gibt es nicht eine Skulptur – ein Mann, fast entfleischt, fast Gerippe, der sein Herz in der erhobenen Hand trägt? Eine Wohltat auf den Feldern, anderswo eine Plage.)

Noch etwas ist zu bewundern am Baum: daß er elegant und knotig zugleich ist. Was Heiterkeit, was Geduld ist, lehrt er mich gewiß besser als ein Gemälde mit einer hochmoralischen Darstellung. Auch er ist kein Ding, sondern Arbeit aus dem Innern. Das Wunder dieser Milliarden von Bewegungen, von gleichzeitigen und sukzessiven Verwandlungen. Die Beziehung, die zwischen ihnen und uns bestehen muß – schwer zu sagen, welcher Art sie ist. Das erste Bild, das mir einfällt, ist das einer von den Windstößen emporgetragenen Krähe: anscheinend ihr Spielzeug, entgleitet sie ihnen doch, meistert sie, ja, *eilt ihnen voraus*. Eilen auch wir auf ähnliche Weise *voraus*? In der Welt, und über die Welt hinaus durch den Geist. Nicht nur ihr voraus und über sie hinaus, sondern gleichzeitig zu einem Teil außerhalb ihrer, zu einem Teil »frei«, und *weiter* als sie: Vor-Läufer, ein wenig verstört oft. Die gefährdetste Vorhut einer Art ständigen Kreuzzugs, der, um den Preis welcher grauenhaften Erfahrungen, unterwegs ist zu welchem noch künftigen Punkt des Unendlichen, welchem Morgenland, dessen Geburt noch bevorsteht? Kann man sich für einen Augenblick im Geist so weit vorwagen und jene Bewegung der Welten erahnen, in der vielleicht die Bewegung jeder unserer Seelen sich wiederholt, wie sie dem unerreichbaren Frieden zustrebt? Tiefes Erstaunen. Ich hatte das Maß der Welten vergessen. Aber eben darum geht es: manchmal denke ich noch – und dann müßte meine Analogie in dieser Richtung verändert werden –, daß es uns nicht nur möglich ist, dem Geschehen voraus zu sein, es zu überholen, sondern gewissermaßen dem Maß zu *entrinnen,* dem es unterworfen ist. Es gäbe die Welt der Zahl und eine andere Welt, die dieser weder innerlich noch außerhalb ihrer wäre. An die kein Bild, kein Gedanke heranreichte. Durch unsere Wunden fänden wir ins Freie. Durch das Wasser der Tränen. Der Zusammenhang des Meßbaren bricht, das Gewebe des Stoffes reißt.

Wie ich es sehe, ist es nicht gänzlich ausgeschlossen, daß der innere Schmerz das ist, was das Gewebe des Stoffes zerreißt.

*

Das Alltägliche: Feuer anzünden (und es brennt nicht auf Anhieb, weil das Holz feucht ist, man hätte es draußen aufschichten sollen, was Zeit gekostet hätte), an die Hausaufgaben der Kinder denken, an eine Rechnung, mit der man im Verzug ist, an einen Krankenbesuch, usw. Wie fügt sich die Poesie in das alles ein? Entweder ist sie ein Schmuck, oder sie müßte im Innern jeder dieser Gesten oder Handlungen sein: so begriff Simone Weil die Religion, so begreift Michel Deguy die Dichtung, so wollte ich sie begreifen. Bleibt die Gefahr des Künstlichen, einer beflissenen, mühsam errungenen Sakralisierung. Vielleicht sieht man sich hier auf eine bescheidene Zwischenstellung zurückgewiesen: die Dichtung erleuchtet hin und wieder, für einen Augenblick, das Leben, wie wenn

Schnee gefallen ist, und es ist schon viel, wenn man Augen dafür hat. Vielleicht müßte man sogar bereit sein, ihr den *Ausnahme*charakter zu belassen, der ihr eigen ist. In der Zwischenzeit tun, was man kann, so gut es eben geht. Andernfalls bestände die Gefahr, daß ein sektiererischer Ernst aufkommt, die Versuchung, als Dichter ein härenes Gewand zu tragen, sich zu isolieren, wie vorbetend zu sprechen (was manchmal bei Rilke stört). Ich für meinen Teil jedenfalls muß mehr Schwäche hinnehmen.

Dezember

Seltsam, daß diese tiefen und reinen Winternächte, wenn sie sich ihrem Ende zuneigen und einige Sterne über dem schon leicht gelblich werdenden Horizont glänzen (stärker als in jeder anderen Jahreszeit, scheint mir), mich sogleich an die Krippe denken lassen, an die drei Weisen aus dem Morgenland, an den Orient der Bibel. Schon einmal – in den *Landschaften mit abwesenden Figuren* – bin ich durch eine Winterdämmerung zu solchen Bildern gebracht worden. Gestern oder vorgestern von neuem: als wären diese Bilder tiefer in mir, als ich gedacht hatte, und eben in dieser Form, als bloße Bilder, denn ich war nie in Israel. Der alte Kindertraum einer sanften, samtweichen, tiefen Nacht, ausgeschmückt mit Sternen von Silber oder Gold. Daß gerade eine ganz feine Mondsichel am Himmel steht, macht den Vergleich vollkommen, verleiht ihm äußerste Schärfe. Doch vielleicht ist das, was da im imaginären Gedächtnis wiederersteht, eher Arabien als Judäa (das Wort Arabien, seine Zauberkraft, bei Shakespeare, bei Góngora). Ich denke an die Faszination, die eine illustrierte Ausgabe einiger Märchen aus *Tausendundeiner Nacht* auf mich ausübte, eine Faszination, die ich seither immer wieder erlebt habe, verschieden von der ersten, aber ebenso tief. Es ist doch seltsam, daß nichts im Westen mich je ähnlich beeindruckt hat, und auch nichts Afrikanisches. Im Gegenteil, die Faszination scheint zu wachsen, je weiter man sich gen Osten entfernt. Wien, Prag, Böhmen, Polen, Moskau, Tibet, China (und in leicht anderer Richtung – Judäa, dann Persien). Warum? Einer der Gründe für diese entschiedene Vorliebe muß etwas mit einer gewissen verfeinerten Form der Kultur zu tun haben – wie man sie dort antrifft, hier nicht. Ein anderer Grund mag das Gefühl sein, unser Ursprung sei im Osten. Ich wüßte nichts Vergleichbares, das einen Begriff von der »traumbildenden« Macht geben könnte, welche die Illustrationen zu Jules Vernes *Michel Strogoff* (in der wunderbaren, bei Hetzel erschienenen Ausgabe) auf mich ausgeübt haben.

*

Ganz am Ende dieses sich weit hinziehenden Rieds unversehens der Ventoux, in der Luft schwebend, als würde er von dem spröden, rosafarbenen Scheiterhaufen der Bäume getragen. Ein Tropfen dieses Lichts für die menschliche Hölle!

*

Irrenanstalt. Die Jüngsten schienen mir den verwirrteren, den schmerzvolleren Blick zu haben; Eindruck von Starre und zugleich von Labilität, von Starre, »um sich nicht zu verirren«.

In einer Art Aufenthaltsraum im Erdgeschoß sieht man durch eine Glastür mit geblümten Vorhängen, die nicht alles verdecken, Irre, die reglos verharren, und andere, die im Gegenteil schneller als nötig auf und ab gehen: eine Welt des »Zuviel« und des »Zuwenig«.

Ein Nichts genügt, um den schmalen, über den Abgrund geschobenen Steg schwanken, hinabstürzen zu lassen. Und es fällt einem nicht leicht, an einem solchen Ort ein weiteres Mal mit der Hilflosigkeit, dem Elend, der Erniedrigung zusammenzustoßen. Von dort kehrt man zu den Büchern zurück, schlägt eine Zeitschrift auf und findet Gelehrte, die gelehrte Worte verlieren über den Tod oder die Sprache.

*

Ausflug nach C. Man trifft noch auf Menschen, die mit ihrem Schicksal im Einklang sind. Jenes Paar, das sich in Paris kennengelernt hat, in einem Nachtlokal – er Akkordeonspieler, sie Garderobefrau –, und das jetzt mit Genuß Fuchsbraten ißt, in einem Weiler von drei Häusern ganz am Ende einer abgelegenen Schlucht.

1967

Februar

Der Regen, die Vogelrufe, die ersten Blüten des Mandelbaums: ihr Zusammenstimmen vermittelt ein Glücksgefühl. Vielleicht ähnlich, wie wenn man dieselben Worte von den verschiedenen Stimmen eines Chors vorgetragen hört? Oder wie wenn man aus dem einen einzigen Stamm die Vielfalt der Blätter entstehen sieht? Abertausende von Rufen, von Blumen, abertausend Kugeln tönenden Wassers, und eine einzige Welt, ein Aufleuchten im Brennpunkt?

März

Plotin: *Über die Glückseligkeit: (Der Weise) sorgt für seinen Leib und erträgt ihn, solange es angeht, so wie der Leierspieler sein Instrument versorgt, solange es angeht, darauf zu spielen; geht das aber nicht mehr, so vertauscht er es mit einem andern*

Instrument, oder er gibt überhaupt das Leierspielen auf und unterläßt die Betätigung auf der Leier, da er jetzt ein anderes Geschäft ohne Leier treibt, er läßt sie unbeachtet neben sich liegen, denn er singt jetzt ohne Instrument. Und doch wurde ihm nicht umsonst zunächst dies Instrument verliehen, er hat doch oft auf ihm gespielt. *

Mai

Die Flugzeuge, die über dieser Landschaft dahinziehen, haben keine Beziehung zu ihr, fremde Gedanken, Zeilen, die in einer anderen Sprache geschrieben sind. Sie pflügen den Himmel nicht. Kann man sagen, daß sie fliegen? Sie scheinen nicht frei zu sein. Sie schießen wie Gewehrkugeln durch den Raum, zerreißen die Luft. Ihre einzige Spur ist ein fernes Donnerrollen.

*

Auf seinem Sockel: der Berg. Emporgehoben vom Licht. Frucht in einer Schale aus Licht. Buddhas werden manchmal so getragen. Sie können nicht erschüttert werden, nicht umstürzen.

Ich denke an die Brücke, den schwarzen Bogen der Brücke von Rust im Burgenland, an jenen kalten Tag im März, wie sehr mich das berührt hatte. Ein Tag wie mit Perlmutt ausgelegt, von Vögeln durchflogen; und diese langgestreckten Barken, diese Passagen durch das Schilf auf das offene Wasser des Sees zu.

Trennwände aus Halmen: Schutz gewährend und ganz leicht. Das rechte Maß, der richtige Abstand für die Umfriedung. Die von Hecken und Baumgruppen aufgeteilte

* *Enneaden I,4.* In: Plotins Schriften. Übersetzt von Richard Harder, Neuausgabe Heidelberg 1956-71.

Landschaft der Côte d'Or, ihre wie im Schlaf mäandernden Bäche.

Die Egge des Schilfs.

*

Immer noch etwas Magisches hat für mich die Anwesenheit des Berges jenseits eines nahen Ackers und einiger Bäume im Gegenlicht, in denen der Wind wie ein Bienenschwarm saust. Der niedrige Berg unter dem fast weißen Himmel; der Berg wie ein etwas weniger helles Stück Himmel. Was also ist es?

Von hier aus gesehen, ähnelt er einer stark abgeflachten Kuppel, über welcher der Himmel noch lichter ist.

Ohne Volumen, ohne Plastizität, ohne Einzelheiten erhebt er sich über den Bäumen: und wo er ihre Wipfel berührt, gleichfalls etwas lichter; daher der Eindruck des Leichten, Schwebenden oder Schwimmenden.

Seine Farbe? Kaum eine Farbe; wie Rauch in der Luft.

Bisher hatte ich nur ein wesentliches Element dieser Magie erraten, die Schwerelosigkeit. Heute morgen glaube ich ein weiteres zu entdecken. Schwer zu definieren. Etwas, das mich streifte, wie ich mich eben umwandte. Als wäre dort zu meiner Linken etwas, jemand gegenwärtig. Freundlich. (Beistand leistend?) Vielleicht mit Erinnerungen an die Kindheit verbunden.

Als wäre mir, so weit ich auch in meinen Erinnerungen zurückgehe, links immer dieses Blau zugesellt gewesen, das nichts Lastendes, nichts Feindliches hat, im Gegenteil: als sei es mir wohlgesinnt. Wieder ein Bild einer glücklichen *Begrenzung* die nicht einsperrt.

Der Berg ein Haus.

*

Begierig, die Lerchen.

Die Nachtigall sandfarben, aschgrau, der klangreichste der Vögel.

Juni

Plotin: *Und was Mord und Totschlag aller Art betrifft, Eroberung von Städten, Plünderung, so soll man es anschauen wie auf den Gerüsten der Schaubühne, es ist alles nur Umstellen von Kulissen und Wechsel der Szene, und dazu gespielte Tränen und Wehklagen. Denn auch im Leben bei seinen Wechselfällen ist es nicht die Seele drinnen, sondern der äußere Schatten des Menschen, der schluchzt und jammert und sich toll gebärdet, wenn die Menschen auf jener Bühne, welche die ganze Erde ist, vielerorten ihr Spiel aufführen.**

So schockierend diese Worte auch sind, es ist nicht unmöglich, daß Plotin wirklich auf den Schmerz und den Tod wie auf bloße Spiele herabgeblickt hat, weil er jene Vision des Lichtes hatte, die heute noch Strahlen wirft.

*

Der Spanische Flieder brennt eine Weile und verstreut dann seine fruchtbare, silbrige Asche.

*

Plotin: ... *der Eros als ein ersättigtes Aug, gleichsam als ein Sehen, das sein Bild schon in sich trägt; von da stammt wohl auch sein Name, weil er nämlich aus dem Schauen (*Eros *von* Orasis*) zustande gekommen ist.***

* *Von der Vorsehung, 15*. In: Plotins Schriften. Übersetzt von Richard Harder, a.a.O.

** *Über den Eros, 3*. In: Plotins Schriften. Übersetzt von Richard Harder, a.a.O.

JULI

Stockrosen, in den kristallklaren Abend getragen, wenn die Sonne untergegangen ist. Der Blick darauf, wie gebannt. Man ist versucht, an ein Wort wie Inkarnat zu denken, also an das Fleisch, die Haut: wegen dieses Anflugs von Rosa. Doch mir scheint, es besteht hier nur eine ganz entfernte, fast traumhafte Beziehung; es muß sich um etwas anderes handeln. Nicht unmöglich, daß diese Blume den Traum von einer brennenden und reinen Geschlechtlichkeit darstellt – als deren Signatur –, so als könnte jene, wie sie, ohne Körperschwere und -feuchte bestehen. Makellos und doch wirklich. Das könnte es im Grunde sein.

Ganz oben an den Schäften diese Öffnungen, im Kristall des Abends.

Trichter, durch welche die Stille weiter *trägt*. Mit Blütenstaub gefüllte Gefäße. Fast durchscheinend. Als verwandele sich die Pflanze in Himmel, oder doch in Flügel. Das Rosafarbene spielt hier eine wesentliche Rolle. Rosafarbene Blüten, Frauen, Liebende: hoch in die Luft getragen. Tizians Akte. Leda und der Schwan. Eine Frau mit dem Namen Angélique. Ein Emporheben der Liebe bis in diese Sphäre. Liebesszene zwischen Erde und Himmel, auf einem Balkon.

Noch kaum ein Anhauch von Glut in diesem reinen Weiß, über dem Horizont, im Glas dieser Luft.

Ein Lorbeerstrauch: frisch aufgehäufte Glut.

*

Mittags erscheint über der reglosen Erde ein Bussard am Himmel, schwebt lange im Wind, gegen eine Strömung dort – gleitet dann jäh und fast ohne einen Flügelschlag durch die ganze Spanne des Himmels wieder zurück und ist verschwunden. Für einen Augenblick war der Himmel um ihn noch ausgedehnter, die weiße Unermeßlichkeit, so schien es, überhaupt nur für ihn da.

August

Schestow: *Ich meine, sich die Götter als vollkommen zu denken heißt, sie nicht verstehen. Die Götter zu verstehen ist aber notwendig, wenngleich unmöglich. Wir müssen uns bewußt sein, daß wir überhaupt nicht wissen, was die Vollkommenheit ist. (Die Schlüsselgewalt.)*

September

Träume. Ihre Vielzahl, ihre Intensität von einem unsteten Schlaf freigelegt. Auffallend die Distanz zwischen meinen Träumen (denen ich im allgemeinen wenig Aufmerksamkeit schenke, vor allem, weil ich sie selten überrasche) und meinen Büchern. Im Grunde ist der Stoff der Träume derselbe wie jener der Zeitungen, der »schlechten« Zeitungen. Sex und Gewalt. Sehr oft in der grellen Darstellungsweise des Films: Großaufnahmen, überdeutliche Symbolik, etc. Mir fiel auf, daß sich eine Zeitlang Träume des Gefangenseins häuften; ich sah auch Spionage- und Gangstergeschichten im Traum, lächerlich, brutal, angsteinflößend. Durch den Traum findet man Zugang zu jenen allgemeinen, niedrigen Stoffen, aus denen auch die Weltgeschichte besteht, heute wie je.

Es stimmt wohl, daß meine Dichtung diese niederen Etagen allzusehr vernachlässigt.

Zwei Träume notiert:

A. – Anfang vergessen. Die Szene spielt in einem Haus, das unseres ist, ohne ihm ähnlich zu sehen. Es klingelt. Es ist die neue Putzfrau, mit der wir nicht mehr gerechnet haben. Sie wird von L... (unsere frühere Putzfrau, in der Wirklichkeit) begleitet, und zwei Hunde sowie zwei oder drei Katzen geben ihr das Geleit. Zaghaft protestieren wir, daß sie sich mit unseren vielleicht nicht vertragen werden, sehen aber ein, daß wir hier nachgeben müssen. Die Küche ist eng, vollgestellt mit Möbeln und sehr altem

Gerät. Plötzlich in Großaufnahme das Gesicht von I...., das dichte, graue Haar ganz durcheinander, sie hält, am Ohr, ein Kätzchen, das verzweifelt miaut. Ich sehe dieses alte Gesicht, rosa, faltig, über das Tränen rinnen. Sie erklärt, daß die Katze krank ist, unheilbar. (In Wirklichkeit haben wir das von ihr gedacht, als wir sie neulich im Krankenhaus besuchten.) Unser Mißvergnügen wächst. Die Neue lächelt noch immer, ungerührt.

Später krallen sich ihre drei oder vier Katzen an meinem Bein fest, es gelingt mir nicht, sie abzuschütteln. Von Wut gepackt, verjage ich sowohl die Frau als auch ihr Gefolge.

B. – Ein Traum, von dem ich ganze Passagen vergessen habe – zu meinem Bedauern, denn beim Erwachen empfand ich ihn als sehr schön und kohärent, ohne Sprünge und ohne alles Ausgefallene.

Nur wenig ist mir davon geblieben: Ich gehe, oder besser, ich irre in einem sehr großen Haus herum, es ist leer und dunkel; kein einziges Möbelstück, wie in den Galerien oder Sälen mancher Schlösser. Es gibt anscheinend zwei Stockwerke, jedes aus einem einzigen Saal bestehend; eine breite Treppe verbindet sie. Die Größe der Fenster und Türen fällt mir auf. Nichts Schmückendes. Eine gewaltige Leere, finster, verschlossen. Ich gehe dort umher; ob ich beunruhigt war, weiß ich nicht mehr. Vielleicht. Auf einmal bemerke ich eine dunkle Masse, wie gegen eine Kante eines Kamins gelehnt. Es scheint mir zuerst ein Packen Kleider zu sein, etwas wie eine Tweedjacke vielleicht. Dann begreife ich sehr schnell, daß da jemand aufrecht an der Wand steht, und blicke nur noch auf das Gesicht, das abgewandte Gesicht einer Frau mit kurzem, vielleicht rötlichem Haar, jedenfalls eine Unbekannte, die schweigt und die dann, mit einer Armbewegung oder einfach, weil sie deutlich in diese Richtung blickt, auf eine dunkle Tür in der Wand zeigt, durch die ich offensichtlich vorausgehen oder ihr folgen muß.

In diesem Moment erwache ich, nicht, wie man glauben

könnte, mit dem Gefühl, aus einem Alptraum aufzutauchen, sondern mit der Empfindung einer feierlichen, erhabenen Schönheit. Gewiß, jene Tür, die ich zu durchschreiten aufgefordert worden war, konnte in den Tod führen, aber auch (ich glaube, der Gedanke ist mir im Traum oder unmittelbar danach gekommen) in eine verlockende Hölle.

In diesem Zusammenhang fällt mir etwas ein, woran ich mich seit Jahren von Zeit zu Zeit immer wieder einmal erinnert habe: daß ich nämlich in meinem allerersten (?) Kindertraum einen ungeheuer großen Drachen gesehen hatte, aus Holz, bunt bemalt, in einer Gebirgslandschaft, vor Wolken oder einem Gewitter. Dieser Drache hatte verschiedene Tasten (wie ein Klavier), die ebenso viele Türen sein konnten, durch die es in sein Inneres hinabging.

Oktober

Das Abendrosa. Der Staub, der rosige, dann malvenfarbene Rauch des Abends. Der ganze Himmel eingefangen in diesem Widerschein eines fernen Brandes, in diesem Weihrauch; entfliegend in rosigem Staub. Am Ende eines heißen, wolkenlosen Tages, an dem die Jäger das Hügelgelände durchstöbert hatten, mit lauten Pfiffen, Hornstößen, Schreien.

Es gab zuerst einen Augenblick – in der Nähe des Gehöftes von Le Devès und La Grangette – wo, wieder einmal, die Erde selbst und das Gebirge fast durchsichtig wurden (doch damit ist nur wenig gesagt, und auf unzulängliche Weise), ein inneres Licht abschirmend unter einem Himmel, der selber nur noch Licht war.

Da tauchte in mir wieder die Frage auf: welche Beziehung, welche Verbindung besteht zwischen dem Tod und der Tatsache, daß wir dieses sehen, mit Augen trinken, diesen Wein des Lichts?

Kurze Zeit darauf wurde nicht nur der Himmel, sondern alles rosa, ohne Einzelheiten; ein aschegraues Rosa, in einen malvenfarbenen oder blauen Ton übergehend, also ein etwas dunkles Rosa; von einer ernsten Zärtlichkeit, verstreut und allgegenwärtig wie ein Duft.

*

Frühnebel jenseits der ersten Bäume. Ich denke an Keats, seine *Ode an den Herbst*:

Season of mists and mellow fruitfulness ...

Dann an Leopardi:

Vaghe stelle dell'Orsa, io non credea
Tornare ancor per uso a contemplarvi ...

Stellte man diesen beiden oder vielen anderen Zitaten aus dem Lautersten, was die Dichtung hervorgebracht hat, einige Passagen aus kritischen Versuchen im »neuen« Stil gegenüber (dem beinahe aller Literaturzeitschriften heute), würde dann nicht ihre Unvereinbarkeit offensichtlich?

*

Ich war und bin sehr für das Italienisch Petrarcas empfänglich (wenn ich es auch nur unzureichend kenne), wo immer ich seine Bücher wieder aufschlage. Ich empfinde diese Sprache – unmittelbar, vor aller Reflexion oder Analyse – als zugleich scharf umrissen und porös, sich ganz in Lauten öffnend, als durchschritte man weite Galerien ganz aus Glas. Sanfte und zugleich kristalline Klänge. Vor allem aber *porös* für die Unendlichkeit des Himmels. Waben. Ein Netz aus Worten, das den Himmel einfängt, oder ihn filtert, wie die Bäume?

Sprache, die zusammenstimmt mit der Landschaft der Toskana: so wie ich in der Landschaft Mallorcas damals Verse des heiligen Johannes vom Kreuz zu *sehen* glaubte.

November

Herbst: Regen auf die Flammen. Landschaft, die in kalten Flammen steht. Blumen, Nebel, Feuchte. Wenn auch der Regen brennen würde.

*

Totenbesuch. Unter dem Bett der Toten ein Hund; daneben drei alte mißgestaltete Frauen. Eine steht mehrmals auf, um das wächserne Gesicht mit Weihwasser zu besprengen. In dem Zimmer, durch das man gehen muß, um zu der Toten zu gelangen, liegt Unterwäsche, bleich, geblümt, auf einem ungemachten Bett.

1968

Le Thoronet: was mich dort so ergriffen hat, war genau der Moment des *Übergangs*, sei es von draußen ins Kirchenschiff, sei es aus dem Kirchenschiff in den Kreuzgang; die gleiche Ergriffenheit wie bei den höchsten Gipfeln von Bach. Danach könnte man Kommentar um Kommentar schreiben.

Dieser Ort ist wirklich ein umfriedeter Bezirk, der geschlossenste und zugleich offenste, der sich denken läßt; er läßt Stille entstehen, läßt sie im Schweigen sich entfalten. Eine glückliche Stille, voll wie eine Frucht.

Dies mit den griechischen Tempeln vergleichen, so wie wir sie jetzt kennen: wie die Luft frei in ihnen strömt, wie die Landschaft draußen zwischen den Säulen sichtbar ist.

September

Den Ruf eines Nachtvogels gehört, der mir unbekannt vorkommt, außergewöhnlich nah, die Stille zerreißend, eine einzelne Note, dann drei kürzere, miteinander verbundene (in ihrem Rhythmus jener bekannten Tonfolge, dem Schicksalsmotiv in Beethovens Fünfter Symphonie, genau entgegengesetzt); mehr ein Schrei als ein Gesang, nicht lang und mit Modulationen wie der des Käuzchens, nicht so gespenstisch, aber doch erschreckend. Und wenn ich auch keinen Sinn mehr in diesen Rufen, diesen Stimmen suche, so spüre ich doch deutlich, daß mich etwas mit diesen Vögeln verbindet, mit diesen Stimmen im Dunkeln. Mitten in diesen Gedanken merkte ich plötzlich, wie eine von keiner Vernunft mehr zu zügelnde Angst mich erfüllte: nichts anderes als Angst war mehr in mir. Und ich dachte weiter, daß ich versuchen müßte, einen solchen Augenblick in Worte zu fassen, ohne zu lügen, ohne auf Schönheit zu achten, ohne provozieren zu wollen.

Oktober

Tod von Jean Paulhan. Einer der Geister, die uns heute am nötigsten sind, wegen seines klaren Urteils, seiner Gerechtigkeit. Aus einer großen Zurückhaltung heraus – und auch mit der erforderlichen List – sprach er, während er unbedeutende Gegenstände, sehr spezielle Fragen oder bizarre Sonderfälle zu behandeln schien, über das Zentralste und Höchste.

1969

September

Klinik in M. Der kleine alte Mann mit dem Verband, der viel dicker ist als die umwickelte Hand, das bleiche, ausgehöhlte Gesicht, das müde Lächeln, das weiße Haar – seine Schreie, als er an der Reihe ist, nicht zu ertragen.

*

Ich erhebe die himmlische Lampe
über unsern kurzen Aufenthalt,
wasche mit ihrem Licht
unser unvollkommenes Leben.
Ihre goldene Gerechtigkeit
erhellt die Unordnung der Kammer,
den Garten, der verwildert,
die Knie ohne Kraft,
die Angst und das Lachen.
Abwesende, Lebendige,
alle nehmen Platz
unter ihrer Waage,
die höher als die Berge schwebt.
Sie beleuchtet meine Hände, nutzt sie ab.*

Die Scheibe des Mondes nicht wie Silber glänzend, doch fast so. Silber ist ihrem Schweben beigemischt; in ihrem Durchscheinen, ein Glitzern. Über den dunkelnden Steinen. Wenn die Steine schwarz und finster werden, läutert sich der Himmel: über dem Ebenholzschwarz, dieses Silber.

Davor, auf der Seite der Sonne: Eidechsen, Heuschrek-

* Anm. d. Ü.: Die Lampe – der Mond (franz. *la* lune).

ken, der lichte Winkel, in den man seinen Stuhl trägt, der immer spitzer wird bis zur ersten Kühle.

Die Reglosigkeit der Luft, oder bloß die lautlose Bewegung der Bäume.

*

Auf halber Höhe einen Hügel entlanggehen, mageren Pfaden oder Spuren folgend, unter den Eichen, in der Hitze, bis zu jenen alten Terrassen, die unter verdorrtem Gras halb verschwinden. Wieder einmal spüre ich den Stein, die Erde: etwas, woran nicht zu zweifeln ist. Ich steige diesen Stufen-Bau hinunter, und im Augenblick erscheint er mir schöner als jeder andere von Menschenhand, majestätischer und zugleich einfacher, dem ganzen Menschen, Leib und Seele, ein größeres, freudigeres Wohlgefallen gewährend; so etwas wie eine helle Freude, ohne Nachgeschmack.

Ein Stein, wie mit einem Schnitt geöffnet: die Quarzzähne in den Kieferknochen.

Dem unsichtbaren Gewässer am Fuß der Hügel folgen Pappeln, und mit ihnen lang dahinbändernd durch die Wipfel, zieht weißer Rauch.

Das Maß des Himmels ist noch breit, noch weit.

Wirklich alles auf diesen Hängen überrascht mich: ein Grasbüschel unter Bäumen, der Schatten, die bleiche, fast übernatürliche Farbe der Wacholderbüsche; plötzlich jene sehr hohe Mauer: zu nichts nütze und unbeschädigt – und dahinter die Ausblicke auf bestellte Felder. Die Heuschrecken wie hölzerne Etuis mit Sprungfedern, mit Rot ausgelegt oder Blau. Die von Bruchsteinmauern umgebenen Einfriedungen, über die ein Falter hinschwebt, sein abgehackter, ruckartiger, lautloser Flug. Sich vortastend in der goldenen Luft. Sein hinkender Flug.

Oktober

Im Nordwind und im scharf einfallenden Licht über einem Feld, jenseits einer Zeile von Maulbeerbäumen und einer Hecke, kaum höher als die Wipfel, ein Taubenschwarm, immer wieder wendend. Bald sieht man die eine, bald die andere Seite der Flügel. Wo gerade noch blendendweißes Gefieder glänzte: auf einmal fast nichts mehr in der Luft. Wo Schatten war: plötzlich wieder aufscheinende Spiegel.

Etwas Gewichtloses, Lockeres. Zugleich fortgerissen und entschlossen, Kalligraphie des Herbsthimmels.

*

Auf meinem Tisch lauter Erde.

Die Luft flimmert in den Bäumen,
der Wind bewohnt sie, leise,
hält dort an, verweilt.
Himmel vom Laub aufgenommen.
Die Blätter zittern, glänzen, jedes spiegelt ihn.
So schlägt der Himmel Wurzeln.

*

Trotz dem, was jeder von der Hölle weiß,
weil er an ihr vorbeikam oder sie durchquerte ...

*

Mit den ersten Tagen: das dunkle Grün des Feigenbaums, das Gelb eines anderen Baums etwas weiter weg, die Flecken des Weinlaubs und der Nebel. Ernste, tiefgestimmte Farben. Stille, oder eher Stummheit. Man entdeckt auf einmal eine verborgene Ansicht der Welt, des Gartens. Wieder etwas, das mich entwaffnet, mir die

Worte nimmt. Diese Farben, und der Nebel, bevor die Sonne aufgeht.

Die Welt ist dann anders, eigenartiger, scheint mir, als zu jeder anderen Stunde. Ernster, ja, verborgener, mehr nach innen gewandt. Das Wort *Limbus*. Lazarus.

Der Feigenbaum, Lazarus gleichend? In Nebelschwaden eingewickelt. Das, was vor sich geht, bevor das Leben neu entsteht, ehe es irgendein Geräusch gibt, irgendein direktes Licht: die Lichter der Nacht erloschen, das des Tages noch nicht angezündet. Ein Dazwischen. Purgatorium. Ein indirektes (vielleicht noch etwas gespenstisches?) Licht. Nicht eigentlich Licht, es ist etwas vor dem Licht, vor der Wärme, vor dem Leben.

Im Zweifel, ob dies Nacht ist
oder Tag. Im Nebel.
Wie Ungeborenes umschwebt er einen hier,
bevor man irgendein Geräusch vernimmt.
Das Grün des Feigenbaums, wie ernst ist es und tief,
und wie das Gelb der etwas fernern Bäume schweigt.
Früh überrascht in ihrem Baumleben
wie Fremde, oder Wächter,
in einem Licht, das noch kein Licht ist,
in dieser Helle vor dem Leben.
In solcher Stille, daß das Grün der Blätter
dunkler erscheint und unbekannt das Gelb.
Noch ohne Schatten, Baum des Zwischenreichs:
hier könnte eine Seele haltmachen am Wege,
die zögert und ein Zeichen braucht.

Feigenbaum früh überrascht, noch vor Tag: ein so ernstes Grün.
Und etwas weiter, jener Block gelbes Laub.
Im Nebel erschienen, ehe es tagte, noch vor jedem Laut.
Baum des Zwischenreichs! noch ohne Geflüster und Schatten,

einer schwankenden Seele den Weg, den Rastplatz
bezeichnend.
Baum, an dem ledrige Säckchen hängen: leer und
geschwärzt.
Mit großen Blättern steht er da, so dunkel und still
wie die Bronze eines stummen Gongs,
oder vom Nebel geknebelt.

*

Evangelium. Es beginnt wie eine Zaubergeschichte, mit jenen Weisen aus dem Morgenland, Sterndeutern, die durch die Wüste ziehen und Gold und Wohlgerüche mit sich führen wie für eine Kurtisane; mit Engeln, die in ärmliche Häuser eintreten oder in den vier Himmelsregionen singen; mit der Nacht und dem Stallgeruch und dem Stern, der wirklich manchmal stark glänzendem Stroh gleicht. Die Furcht und die Drohungen der Herrschenden, das Zittern einiger Greise, die ein Hoffen erfüllt. Und diese ganze Verwirrung um ein Kind (das Kind, das die Griechen sozusagen ignoriert haben).

In der von Gesichten durchzogenen Wüste Hölderlins gibt es einen in Lumpen gekleideten Fakir, der sich von Heuschrecken ernährt und Prophezeiungen ausspricht.

Das erste Wort, das uns von Jesus überliefert wird, ich glaube im Lukas-Evangelium: wie er seinen Eltern, die gar nicht verstehen, um was es geht, fast brutal antwortet »Was ists, daß ihr mich gesucht habt? Wisset ihr nicht, daß ich sein muß in dem, das meines Vaters ist?«

Dann von neuem die Wüste, die Engel und die wilden Tiere, und die »Versuchung«: bloß irgendein Magier zu sein, noch einer, oder ein König auf Erden.

*

Rilkes »Engel« standen in seinem Todeskampf wohl nicht an seiner Seite. Christus, so scheint es, hätte anwesend sein können, da er dem Tod, den er verlangt, einen Sinn verleiht. Es ist wohl so, daß wir fürs Leben und fürs Sterben nicht die gleichen Engel herbeiwünschen.

1970

Februar

Meine Hände, Froschfinger. Die gleiche Empfindung – spröde Knochen – wie wenn man Froschschenkel zerbricht.

*

Schweiß. Seinen Sinn wiedererkennen. Ausschwitzung. Etwas Tödliches: Wasser ohne Klarheit, Heraufquellen des Unteren. Ungesund. Wie Tod auf der Haut? Ein Schleier, ein bösartiger Nebel. Schweiß des Feigen, des Beleibten, des Fiebernden. Schweiß und Sinnlichkeit eng verwandt. Wie eine Verteidigungsgeste unversehens.

*

Alter Mann, gebrechlicher, zitternder als diese ersten Schatten des Jahres
alte abgenutzte Puppe, die man nicht mehr instand setzen wird
etwas, das man bald wegwirft
schon jetzt ohne Liebe

berührt vom lauen grellen Licht des Februars
des unerbittlichen Februars

schwitzend vor Angst
wenn der Frühling wie der Schweiß der Erde ist.

1971

Mai

Hölderlin beim Tischler Zimmer: »Es geschieht mir nichts!«

*

Im Geiste alle diese Bücher, alle diese Worte – alle diese zahllosen, subtilen, tiefen, sterblichen Gedanken verbrennen. Um sich dem Regen zu öffnen, der, von Mücken und Insekten durchflogen, niedergeht; diesem grauen und grünen Land; den verschiedenen Bäumen, den Spielarten des Grüns; einem Knacken in den Steinen der Wand, im Holz der Tür.

*

Schwertlilien. *Les grands vergers d'iris des maladies:* habe ich diesen Vers wirklich einmal geschrieben, oder gelesen? Ich erinnere mich, vor langer Zeit mit diesen Blumen ein mehr oder minder trübes Begehren assoziiert zu haben: Torheit, Literatur.

Ihr Duft trägt mich, sicherer als der jeder anderen Blume, sogleich in die Kindheit zurück, als hätte ich sie mitten unter ihnen, ganz in ihrer Nähe verbracht.

Hier öffnen sie sich unter dem Feigenbaum, vor einem Hintergrund von anderen Pflanzen, von mehr oder weniger dunklem Grün. Wie lichte Stellen im Gewölk öffnen sie sich dort, wie Himmel, wie Ferne, wie die Frische einer Quelle. Vielleicht könnte man dies von jeder blauen Blume sagen, aber an ihnen ist etwas besonders Luftiges, sie gleichen schwebenden (chinesischen) Pavillons, vom Stengel hoch über den Boden erhoben, zugleich offen und geschützt, eine Art Mastkorb oder Leuchtturmlampe, ein runder Balkon. Doch nicht zu lange sich über sie neigen: man nimmt sie im Vorübergehen wahr, hat andere Sorgen, andere Arbeiten, andere Wege.

Ich schreibe im Schein dieser blauen Laternen, die zerbrechlich sind, einmal aus ihrer Knospenseide heraus.

Weggefährtinnen. Türen öffnend, Schlösser?

Iris, leichte blaue Schlüssel.

Himmelsschlüssel.

*

Empirismus und Theorie. Natürliche Tendenz, Theorien zu mißtrauen, also von unscheinbaren Tatsachen auszugehen, von unten, von dieser Mitte aus, die man unvermeidlicherweise selber ist. Man sagt sich: besser sich in den eigenen Schranken und ohne Theorie gut verhalten, als sich schlecht verhalten mit einer Theorie des Guten. Das habe ich zu praktizieren versucht. Ohne irgendeinen politischen oder religiösen Glauben zu besitzen, kann man doch bemüht sein, sich auf diskrete Weise, je nach den Verhältnissen, wirklich brüderlich zu verhalten; kann man durch sein Betragen zeigen, daß man die anderen nicht als einem selbst notwendigerweise unterlegen ansieht, und so weiter.

In gewisser Hinsicht ist dies jedoch eine allzu leichte Lösung, und es kann der Fall eintreten, daß sie sich als völlig ungenügend erweist. Zum Beispiel, wenn ein Krieg ausbricht oder eine Revolution. Wenn man Partei ergreifen muß. Aber wie Partei ergreifen, wenn eine tiefe Überzeugung fehlt? Wie herausfinden, wo das geringere Übel liegt? Denn wie es scheint, ist jede Lösung ja bloß ein geringeres Übel.

Ich glaube, im großen und ganzen führen mich meine Überlegungen fast unweigerlich in die Nähe von Musils traurigem Skeptizismus. Für ihn wird jeder Fortschritt mit einem Rückschritt bezahlt. Ist also alles vergeblich? Diese Schlußfolgerung ist anscheinend auch unhaltbar.

Nötig wäre nicht nur ein »Sozialismus mit menschlichem Antlitz« (fast ein Ding der Unmöglichkeit), es müßte ein Sozialismus sein, der nicht materialistisch, rationalistisch, wissenschaftlich wäre. Ein Sozialismus, der das Unbekannte achtete, ihm einen Anteil ließe – so wie man am Tisch einen Platz freihält für den unangesagten Gast. Dies würde verhindern, daß der Mensch auf eine Nummer reduziert wird, selbst wenn man im übrigen bemüht wäre, alles so genau wie möglich zu berechnen.

Vielleicht macht gerade das, was an der Condition humaine den größten Anstoß erregt, es notwendig, den Gedanken an ein Unbekanntes wachzuhalten – in dessen Tiefe dem Skandalon ein Sinn zuwüchse. Je vernünftiger man die Götter machen will, desto empörender erscheint dieses Skandalon. Ein Gott, der gut oder der grausam wäre, könnte kein Gott sein? Sollte Christus nur gestorben sein, um das Ärgernis in größerer Schärfe hervortreten zu lassen?

Die Bedingungen des menschlichen Lebens *sind* empörend und können wohl Abscheu und Verzweiflung hervorrufen. Es ist jedoch offenkundig, daß niemand bei dieser ersten Regung der Auflehnung stehenbleiben kann. Keine Erklärung vermag sie zu beschwichtigen. Es sei denn die, daß das Schlimmste das Zeichen des Besten sein könnte?

Wenn man sich auch, mangels Überzeugung, keine politische Doktrin ganz zu eigen machen kann, so kann man doch für das »geringere Übel« eintreten und Verbesserungen vornehmen, damit sich mit ihm leben läßt. Das ist wenig. Verständlich, daß ein junger, hochherziger, heftiger Mensch nach mehr verlangt.

*

Heute morgen ist die alte Katze gestorben, die erste, die wir hatten, anfangs ein Zufallsgast, und die uns viele andere bescherte. Gestern nachmittag wurde ein grauer

Kater hinter unserer Haustür von Konvulsionen geschüttelt. Heute morgen war es an ihr; da sie auf dem Steinboden lag, schlug sie mit dem Maul hart darauf und blutete immer heftiger. Wahrscheinlich Gift. Der Nachbar kam, um ihrem Leiden ein Ende zu machen, mit zwei Spatenschlägen.

*

Mir scheint, Christus ist für mich nie wirklich und spürbar gegenwärtig gewesen, auch nicht zur Zeit des Religionsunterrichts: damals, so sehe ich es heute, stellte die Welt des Göttlichen vor allem eine unsichtbare Autorität in der Sphäre des Moralischen dar, so etwas wie eine hohe Gewissensinstanz, die einen zögern ließ, sich diese oder jene Verfehlung zuschulden kommen zu lassen, vor allem sinnlicher Art. Es war nicht nur eine negative, drohende, zwangausübende Macht, nein, sondern eine strenge Forderung, deren Rolle gewiß nicht unnütz oder schädlich war. Doch alles in allem, und ich glaube nicht, daß ich die Dinge im nachhinein entstelle, war es doch eine im wesentlichen *moralische* Erziehung, die uns da zuteil wurde, wie es protestantischer Gesinnung entspricht. Unsere Pastoren waren gewiß keine Visionäre.

Mag sein, daß durch Bachs *Passionen,* die ich damals entdeckte und denen ich mit Leidenschaft lauschte, Christus für mich, solange ich sie hörte, eine bedeutendere Dimension, eine stärkere Gegenwart gewann. Dennoch glaube ich sagen zu können, daß er zu meinem innersten Bereich nie einen Zugang hatte, der von Dauer gewesen wäre. Ohne daß andererseits die Irreligiosität für mich jemals ein Glauben gewesen wäre.

Der Ton, in dem die Pastoren sprachen, war mir im allgemeinen unerträglich und ist es geblieben. Sei es, daß sie den traditionellen salbungsvollen Tonfall beibehalten hatten, in dem ungeschickten Bemühen, eine Distanz herzustellen, die anderenorts das Latein auf so vollkommene Weise schafft; sei es, daß sie sich eines modernen, direkten Stils befleißigen, der wohl noch unangebrachter ist. Die Kirchen waren kalt und voll alter schwarzgekleideter Frauen. Besser gefielen mir später in Paris die Priester, die, zu welcher Tageszeit auch immer, im Innersten einer Kapelle, wo die Kerzen brannten, ihre Gebete murmelten; das leicht Befremdende an ihnen war es gerade, was sie Gott näher rückte, sie schienen einer über die Erde verstreuten und immer von Verfolgung bedrohten geheimen Gesellschaft anzugehören. (Einmal, so erinnere ich mich, habe ich mich länger in der Kirche von Saint-Sulpice aufgehalten, als sei sie ein Zufluchtsort. Ich hätte mir damals nicht träumen lassen, daß ich hier dem gealterten, kranken Audiberti hätte begegnen können, der dort, wie er in *Sonntag erwartet mich* schreibt, eine »Montgolfiere barmherziger Frische« fand.) Der Pastor war für uns nur ein weiterer »Regent« (so hieß der Schulmeister auf unsern Dörfern).

Ihre Aufgabe ist heute so schwierig geworden, daß manche alles Mögliche versuchen, um ihr trotz allem weiterhin nachzukommen; aber sie entwürdigen sie so. Wenn sie sprechen, gehen sie nicht vom Unbekannten aus, sondern von einem Höchsten Gut oder einer Gerechtigkeit, an denen fast nichts Heiliges mehr ist.

Habe ich überhaupt eine klare Vorstellung von diesen Dingen, die sich in Worte fassen ließe? Höchstens eine Vermutung, es könnte (und hier wäre jetzt in der Sprache eine noch bedingtere Bedingungs-, eine noch fragendere Frageform zu erfinden), es könnte irgendwo, nirgendwo – jenseits dieser Unterscheidungen – so etwas wie ein allumfassendes Licht existieren, in dem alles, in dem das Schlimmste Erklärung fände, nicht mehr erklärt zu werden brauchte, ohne daß es im geringsten möglich wäre, zu verstehen, zu sagen, wie das geschieht. Ein Licht, an dem alle Elemente der Wirklichkeit – in ungleicher Weise – Anteil hätten; und diese Teilhabe wäre um so enger, je komplexer, zerbrechlicher, schmerzbewußter, ungesicherter sie beschaffen wären. Gewisse Menschen, die dieses Licht aus größerer Nähe gesehen hätten, würden seiner Verbreitung ihr Leben widmen, jeder in seiner Sprache, mit den Mitteln seines Ursprungsortes und seiner Zeit. Manchmal bis zum Fanatismus und zum Märtyrertod.

Christus wäre einer dieser Menschen gewesen, mit einer Ausstrahlung, die weiter reichte als die anderer und die eine Richtung, eine Öffnung wies, durch die Hinnahme – nicht die Beseitigung – der Zerrissenheit, des Leidens. Diese »Boten« wären jedoch selbst dem Gesetz der Zeit unterworfen, ihre Ausstrahlung würde nach und nach schwächer und trüber. Jetzt gäbe es kaum noch einen Widerschein jenes Lichtes. Die Erinnerung an einen Widerschein, unendlich zerstreut, gebrochen.

Und auch hier wäre es uns unmöglich, zu begreifen warum.

Oder könnte es sein, was ja manche gesagt haben, daß jenes Licht nur der Schleier wäre vor dem absoluten Schwarz, daß die Wahrheit das Absolute des Schwarzen wäre? Wenn es sich so verhielte, würden unsere Existenz und die Welt noch geheimnisvoller.

*

Für Leopardi sind die Illusionen und die Größe des Menschen nicht voneinander zu trennen. In der Dichtung der Antike spricht die Natur; in der modernen (die er romantisch nennt) der Dichter. Ein Zeichen, so meint er, unheilvollen Alterns.

*

Selbsttäuschungen, Irrtümer, ungefähre Annäherungen (die Religionen), die einem jedoch die Richtung weisen könnten. Gestalten, die uns geleitet haben, die abgetreten sind oder die man verworfen hat.

Jetzt: lauter Verirrte, jedes Gefährten beraubt, doch noch mit dem Bewußtsein, daß es solche gab. Die jungen Leute töten einen Vater bloß, um einen anderen an seine Stelle zu setzen; sie kommen nicht ohne Anführer aus.

Was bedeutet das Verschwinden der Götter? Jedenfalls kann man nicht (oder noch nicht?) sagen, daß es ein Fest, eine Erlösung sei. Eher trauern wir ihnen nach.

Die Folge, in dieser Niederung, diesem Ende, diesem Mangel, dieser Unfähigkeit: ein inneres Abrücken, eine Entfernung. Ich bekomme Bücher zugeschickt, die ich nicht verstehe oder die mir, halb verstanden, aus den Händen fallen. Ich mit meinen Bäumen, meinen Blumen – nicht unwissend genug, um naiv zu sein, zu unwissend, um zur Partei der Gelehrten, der Linguisten überzulaufen, mit meinen Befürchtungen, meinen Feigheiten, mit dem bißchen Leben und Blut, mit den wenigen Worten, die ich habe. Mit meiner Anteil nehmenden Sorge um dies oder jenes Traurige oder Schreckliche oder Ausweglose; einer Sorge, die meine Worte durchpulsen und verfinstern müßte – und nicht irgendeine Wissenschaft von ihnen –; mit einem lähmenden Widerstreit zwischen dem, was diese Worte noch in eine wahre Bewegung bringt, und all dem, was sie zu verfälschen droht; denn mittlerweile sind sie auch für mich zu einem Mittel des Lebensunterhalts und etwas Erfolgversprechendem geworden. Ich mit meinen alten, immer wieder gestellten Fragen, meinen Schritten, die mich vielleicht eher zurück als vorwärts bringen, mit meiner Stimme, die nicht fester wird, meinem Traum, die Leichtigkeit der Dinge ans Gewicht der Zeit zu knüpfen, aus dieser Vermischung »etwas zu machen« – jemand in der Ferne, der seine Einsamkeit, sein Alter, seine Schwäche, seine Angst wachsen sieht – und zur gleichen Zeit fliegen die Vögel über einem Garten vorbei, weht der Wind, und man begreift nichts oder muß fürchten, nur allzu gut zu verstehen; und dennoch bleibt der Himmel, dauert der Himmel, dennoch schreibe ich genau so, wie nach meinen eigenen Worten nicht geschrieben werden sollte, es gelingt mir nicht, ohne Aufhebens das Besondere zu fassen, das Private, die genauen Einzelheiten entgleiten mir, entziehen sich; oder ich entziehe mich ihnen.

*

Iris, hell, hoch an ihren Stengeln getragen, über den Blättern, über dem Boden, wie schwebende Kugeln, wie Ballons, die gleich davonfliegen wollen.

*

Summen der Fliegen. Glockenschläge in gemessenen Abständen für die Toten. Im undeutlich weißen Sommerhimmel. Ein Gebet für unsere Schwester Marie-Louise Boudon.

August

Haus eines Freundes in T., zwischen Dieulefit und Bourdeaux. Kaum mehr als dreißig Kilometer entfernt von hier, in nördlicher Richtung, eine Voralpenlandschaft mit Kuhglocken, frischen Abenden, sehr großen Bäumen, schönen Wiesen, terrassenartig angelegt und jeweils von hohen Mauern aus dunklen, schweren, unregelmäßigen Blöcken gestützt. Farnkraut, Bäche, hohes Gras. Nachts, beim Verlassen des Gehöfts: Dolden, fast wie Lichter zusammenstehend. Der frühere Besitzer, ein kleiner achtzigjähriger Mann, aber jünger aussehend, zahnlos, mit einem Hut aus ausgefranstem, schmutzigen Leinen – wie verdrehte Flügel an den Schläfen –, mit einem ruhigen, fast kindlichen Gesicht, drückt ohne Bitternis, in einer feinen und treffenden Sprache (die Ziegen, sagt er, sind »knauserig«) Dinge voller Weisheit aus. Während seine Tochter aufrecht auf dem Heuwagen steht, stumm, den

Kopf leicht zur Seite geneigt, ein seltsames Lächeln auf den Lippen, wahrscheinlich etwas zurückgeblieben; sie sagt zu A.-M.: »Ich bin nie groß geworden ...« Sie ist vielleicht vierzig oder fünfzig Jahre alt.

September

Saint-Aubin. Die Kuhherden, die man nicht sieht (hinter einem hohen Maisfeld oder einer Geländefalte oder einer Hecke), deren Glocken man jedoch hört: als wäre eine Kirche in den Feldern unterwegs.

Man sieht sie auch dem Schatten der Obstgärten zustreben, sich schwerfällig hinlagern, wie gelbliche Felsen verstreut. Ihre ruhigen, langsamen Bewegungen, dem Schatten oder dem Trog zu.

Der Geruch – so streng, daß es einem den Atem verschlägt – eines Schweinestalls.

Der Baumgarten, den Abhang hinab, wo der Nachmittag zu Ende geht; das Gras unter den Bäumen schon dunkel und sie selbst, wenigstens einige von ihnen, noch vom Sonnenschein vergoldet. Was war an diesem Anblick, daß ich mir von neuem eine Frage stellte, auf die es keine Antwort gibt?

*

Habe ich gewisse schmale, flüchtige Ausblicke so vollkommen erfaßt, daß ich das Recht habe, nicht mehr länger daran weiterzuarbeiten, sie noch besser wiederzugeben, zu übersetzen? Oder ist es in Wahrheit so, daß sie »sich sagen«, nicht aber »gesagt werden« können, daß sie sich durch mich hindurch einen Weg bahnen müssen und nicht zu erfassen sind?

*

Verdis weitgespanntes *Requiem*, Gesualdos Schreie und Seufzer, das Ende des *Liedes von der Erde*. Der Gedanke an jene mächtigen Symphonien stellt sich ein, die Mahler noch in sich trug. Man beneidet jene Dimensionen, wenn man selbst kaum zu ein paar Randnoten fähig ist.

*

Wer auf einen Hügel steigt, um reinere Gedanken zu haben, läuft Gefahr, daß er, je länger er dort verweilt, nur Leere findet; mag sein, er wendet sich sogar, wenn er es zuletzt leid wird, gegen die Reinheit. Dann wäre es schon besser, sich unten im Gelände zu verirren.

*

Begräbnis. Noch nie hat mich ein Priester so wie heute an einen Zauberkünstler denken lassen. Vielleicht, weil er in dieser Kapelle seine Handlungen vor einem violetten Vorhang verrichtet, der es ihm, ebenso wie dem Meßdiener gestattet, nach jeder »Nummer« zu verschwinden. Vielleicht mehr noch wegen jenes schwarzen Kästchens, das er zu Anfang der Zeremonie auf den Altar stellt. Der Meßdiener, der lustigste Junge und größte Spaßmacher des Dorfs, mit seinem vorgetäuschten Ernst, unter dem sich oft ein Lächeln oder sogar ein Lachen regen will, bleibt die überzeugendste Antwort auf den Tod. Dennoch ist da die Emmaus-Erzählung, die in ihrer Seltsamkeit stärker ist als die verbrauchten Riten. Und die letzten Trümmerscherben Latein.

Der Sarg ist wie ein Kahn, den man segnet, bevor man ihn auf eine lange Reise schickt, der Weihwedel wie ein Phallus. In der Liturgie gibt es einige wunderbare Augenblicke, »laß die heiligen Engel ihr entgegeneilen«, und ist das letzte Wort nicht »Lazarus«, »sei sie dem armen Lazarus gesellt«?

*

Aus einem Brief Cézannes an Victor Chocquet, vom 11. Mai 1886, aus Gardanne: »Immer sind es der Himmel und die grenzenlosen Dinge der Natur, die mich anziehen und mir Gelegenheit geben zu froher Betrachtung.« Man glaubt einen Satz des alten Hölderlin zu hören.

*

Der Winter lichtet.

Die Vegetation ist ein Netz mit immer weiteren Maschen, ein immer großporigerer Filter. »Jetzt werden die Dinge klarer«, man braucht den Schutzschirm nun weniger, es ist, als stiege man höher, der Himmel gewinnt die Partie, und zugleich scheint seine Farbe gestreckt.

Kinder, spielt unter dem Laub,
schnell, solange es aufklart:
das Licht ist im Garten.
(Scheint dort zu wohnen und selber
herumzugehn oder zu spielen.)
Dies bleibt euch – hier gewesen zu sein
und das Schattenflackern gesehen zu haben,
mitvorübergeeilt zu sein mit dem, was vorbeizieht ...
(Die letzten Blumen, und die lichte Kugel,
schwebend im schwarzen, endlosen Raum ...)
Kinder, Flammen von Kerzen, wer hält euch?
Stimmen, Kerzen, und der Wind.

Oktober

Schlafentblößtes Knie, Nebel, Schreie von Käuzchen, als wären sie verirrt.

*

Schestow sagt (1899) über Puschkin, er habe als einer der ersten eine Antwort auf die Grundfrage gefunden: »Wie kann der Dichter die erhabensten Aufschwünge seiner Seele bewahren, ohne der Wahrheit des Lebens untreu zu werden?« Und er zitiert diese Verse von ihm:

Daß alles, was uns tödlich bedroht,
das Herz geheimnisvoll anzieht –
bürgt dies nicht
für die Unsterblichkeit?

*

Nietzsche *(Menschliches, Allzumenschliches, Vermischte Meinungen und Sprüche, 183): Nicht ohne Not Soldat der Kultur sein ... Zuerst das Vortreffliche tun, zuzweit das Vortreffliche aufsuchen ... Nur wer nichts Besseres kann, soll den Schlechtigkeiten der Welt zu Leibe gehen, als Soldat der Kultur.*

*

Kein Nebel abends, sondern ein Beschlagen, ein feines Grau über dem Ackergelände, wie der Flaum mancher Früchte, und die Sonne purpurrot und rund in diesem Grau.

Die Quelle im Wald. Unter dem Dach der Kiefern ihr gebuckeltes Felsgesicht, moosüberwachsen; ihr Mund gerade über dem Erdboden, schwarz, immer trocken; außer in diesem Frühling, nach dem Schnee und den langen Regenfällen, als sie überlief, oder eher übertropfte, im engen Raum widerhallend von Tropfen, erfrischt von Tropfen. Als seien es Glocken, klingende, frische, unerklärlich glückliche Tränen.

Grau in Grau, Rufe einzelner Vögel in den Bäumen, die gelb oder braun werden, rosten. Das Gelb, und die Kälte.

November

Hohe, dunkle Hänge, schneegefiedert oder schneegepudert.

Laubfeuer, die Blätter selbst kalte Flammen.

Unter den sich dehnenden Walzen und Säulen des Rauchs, am unregelmäßigen Saum der Asche, auf das Knospen der Flammen warten. Wie Füchse spuren sie über den Schnee der Asche.

An die morschen Äste geheftet wie Fahnen an ihre Stange, dem Wind gehorchend, hin und her bewegt, begeistert vom Wind. Kurzlebige Fahnen, schnell zerrissen, angriffslustig sich streckend, sich erhebend, ausfransend. Sie lassen auch an Gebirgsformen denken. Flüchtige Berge, die brennen, erschrocken, erschreckend. Spitz vorschnellende Zungen. Wütende Schreie.

Dabei durchscheinend, fast stofflos, ohne Dichte, verwandelter Luft gleich, einer Art mystischem Taumel verfallen.

An ihre Beute geklammert, die beinahe im selben Augenblick brüchige, verstreute, leichte Asche wird. Ihre Opfer leichter machend. *»C'est Vénus tout entière à sa proie attachée.«* *

Hervorgegangen aus Zerbrochenem, aus Überresten, müden, abgenutzten, abgefallenen Dingen. Während die hohen Wolken wie schäumende Wellen, weiß und strahlend, am Himmel dahinrollen.

Fast kann ich durch sie hindurch die Erde, den Garten sehen. Durch diese Flammenröte, diese verwirrte Steigung, diese zuckende Schranke, dieses Sich-vom-Boden-Losreißen hindurch. Das sich etwas weiter oben beruhigt zu langsamem Rauch.

(Ich denke an Kinder, die sich ihnen hingegeben haben. Ich würde nicht einmal die Hand hineintauchen ...)

Der Rauch, wie blaue Milch, wie Wolle aus Schatten.

* Racine, *Phèdre*.

1972

Februar

Leopardi, *Zibaldone*: »Ein Volk, das aus Philosophen bestünde, wäre das letzte, nichtswürdigste Volk der Welt. Darum hängt unsere Erneuerung gleichsam von einer Überphilosophie ab, die das Ganze und Innerste der Dinge erfaßt und uns so der Natur wieder nähert. Das sollte die Frucht der unvergleichlichen Aufklärung dieser Zeit sein.« (7. Juni 1820)*

Zibaldone, 148: Über den Umstand, daß, während die Nationen verschwinden, oder die Unterschiede sich verwischen, der Mensch immer weniger gemeinsame Interessen hat, immer selbstsüchtiger wird: »alle gleich und alle getrennt«, wohingegen sie »alle verschieden und alle vereinigt« waren.

Zibaldone, 216: *»Der Mensch lebt von nichts anderem als von Religion, oder von Illusionen. Unwiderleglich und in aller Schärfe gilt: Wären Religion und Illusionen völlig ausgetilgt, es würde jeder Mensch, ja jedes Kind im ersten vernünftigen Alter (denn die Kinder zumal leben durchaus von Illusionen) unfehlbar mit eigener Hand seinem Leben ein Ende machen ...«*

*

Traum. In der Transsibirischen Eisenbahn fahrend, nachts durch endlose, graue, nebelverhangene Ebenen, und dabei zugleich an das denkend, was Sibirien bedeutet (ein Wort wie ein Peitschenhieb, eine eisige Bö, wegen all dem, was man darüber weiß), an die Lager denkend, an Mandelstam, mit einer jungen unbekannten Frau, die

* *Das Gedankenbuch.* Aus dem Italienischen von Hanno Helbling, München o. J.

mich bis nach China begleiten wird. Ich höre sie leise weinen. Sie sagt, sie weiß nicht warum. Sie widerspricht, als ich sie frage, ob es nicht meinetwegen sei, der ich zu alt für sie bin, der so etwas wie eine Gefangene aus ihr gemacht hat; sie scheint aufrichtig. In diesem Augenblick, wie sie so gegen die Fensterscheibe gelehnt dasteht, öffne ich ihre Bluse, als wollte ich dem Mond, dessen diffuses Licht die Landschaft – Waldungen, Schnee – erhellt, die Schönheit ihrer Brust und ihres Gesichts zeigen; und, auf Antwort drängend, frage ich sie, warum ihr solche Schönheit verliehen wurde, warum es diese Schönheit gibt, warum sie auch mir zuteil wurde, warum? Ihr Gesicht hellt sich langsam auf. Doch wir fanden keine Antwort.

*

Der Lez, breit, schnell, lehmfarben, erdfarben, ein bewegtes Feld. Gepflügtes Wasser. Naher Nebel. Das Geräusch der Strömung im Nebel.

Etwas höher, an einem bewaldeten Uferhang, flieht vor uns, nur wenige Schritte entfernt, ein großer Fuchs, fast orange und weiß.

März

Pêchers, Pfirsichbäume. Der eine oder andere wird vielleicht an das gleichlautende Wort *péchés* denken. Nein. Nicht die geringste Beziehung. Bewundernswürdig, diese winterlichen Baumgärten, violett, dies violette Holz, diese violetten Käfige: auf halber Höhe dies dichte Geflecht. Die Farbe ist es, die da den Blick gefangennimmt und einen anrührt. Wohl nicht nur, weil sie selten ist, einzig unter den Baumarten der Gegend. Etwas Geheimnisvolleres ist an ihr. Farbe der Dämmerung, kurz vor der Nacht? Schwer zu sagen. Wärmer, reicher als die anderen Baumarten, die auch von großer Schönheit sind. Immer im

Einklang mit dem nackten Boden, in Beziehung zu ihm. Da ist die nackte Erde, das nackte Holz (aber nicht tot, im Gegenteil: voll schlafendem Saft): Blüten- und Fruchtreserve, langes Blüten-Etui, Gerüst für ein natürliches Feuerwerk. Und dann ist da ihre Vielzahl, diese Anordnung, die den Baumgarten bildet: eine Art schwebende Falle, kompliziert geflochten. Dies sind Elemente, die allen Obstgärten im Winter eigen sind. Bei den Pfirsichbäumen kommt die seltsame Purpurtönung hinzu.

Kein Blutrot. Zwischen Feuer und Nacht (Violett ist eine Mischung von Rot und Blau), nicht zwischen Feuer und Asche. Ein Feuer, das nicht gedämpft wurde, auch nicht zum Lohen gebracht, sondern vertieft, veredelt (?), bereichert. Doch es ist ja kein wirkliches Feuer: keine flackernde Bewegung, keine Gewalt. Eine Farbe. Von braunen Pfeilern getragen.

Wenn sie in Blüte stehen, wie jene eben, die ich vor Augen habe, die inmitten der Gärten etwas verloren scheinen, im Gegenlicht vor der Folie von frischem Gras – was sind sie dann? Die einzige Farbe inmitten dieses grünen Sprießens, dieses Dunstes, inmitten der Schatten und des Graus der Landstraße, die hier und da im Davonziehn aufscheint. Farbe, für die es kein anderes Wort als rosa gibt. Etwas Leuchtendes, Licht Offenbarendes. Schattendurchlöchert: verschwenderisch, endlos unterteilt, murmelnd oder summend.

Eine Wolke, die sich in einen Garten verirrt hat, so sieht es aus (tatsächlich haben die Wolken dieselbe Farbe: weiß oder rosa), ein Element anderer Art also, leichter, dem Himmel verbunden. Eine Verbindung aus Feuer und Luft? Geglückt schwebt sie dort, als ein Staub, nein, eher als eine Gegen-Wolke: diese Lücke unversehens im irdischen Himmel, im Himmel des Grases.

Pfirsichbäume: das erste Tageslicht auf einmal gefangen an diesem Holz. (Die Flamingos, im Sand.)

*

Die Taubenflüge um die Gehöfte, ihre Spiegel.

Der Himmel im Frühling: wie das Aufbrechen einer Knospe.

*

Acht Uhr: Schatten, die in den Gärten herumgehen, im Sonnendampf, und den hellen Rauch ihres Atems hinter sich lassen. Das Gras wohl ganz feucht, die Erde schwer; die Luft noch kühl. Im goldenen Dampf des Morgens diese ungelenken Schatten.

April

Der nutzlose Balsam der Bäume.

(Es kommt vor, daß ich ihn hasse, sowie hin und wieder den ganzen poetischen Balsam.

Letzteres jedenfalls unerträglich; es sei denn, er ist von einer sehr hohen, äußerst seltenen Qualität.

Das heißt sich selbst verurteilen; vielleicht auch einen Schritt vorwärts tun oder ihn ermöglichen, dazu beitragen?)

Mai

Jene, die die Sonne nicht zu wärmen vermag, die wie ein brüchiges Knochenbündel durch den Sommer gehen.

Ein Knochenkäfig, aus den Fugen geraten, in dem fast kein Feuer mehr ist.

Ausgeblasen, das Feuer in der Knochenlaterne.

Gottfried Benn. Es ist eine merkwürdige Erfahrung, in der französischen – nicht immer gelungenen – Übersetzung zu verfolgen, wie er von einem düsteren Expressionismus zu einer Art Kubismus gelangt ist (der Babylonische Turm der Orte, der Sprachen, der Welten) und schließlich zu jener strengen Form, in der sich eine »Soldatenehre« ausdrückt, die bestrebt ist, dem Nichts eine trotz allem harmonische und souveräne Form entgegenzusetzen. Doch war das der rechte Weg?

Vielleicht lasse ich mich wiederum allzusehr von meiner persönlichen Neigung leiten, wenn ich dort mehr Wahrheit finde, wo größere »Einfachheit« herrscht – zwischen den Extremen von Entfesselung und gezwungenem »Klassizismus«. Das heißt, wenn es so scheint, als gebe er nur noch einmal der alten Klage Raum, oder dem glücklichen Erstaunen früherer Zeiten. Zum Beispiel in dem Gedicht für die Dänin, das an den Montale der *Dora Markus* erinnert, oder in jenem anderen, wo er eine Postkarte, die ihm seine Mutter aus Jena geschickt hatte, wiederfindet, oder in einem seiner erfülltesten Gedichte, seiner »Ode an den Herbst«, *September:*

Du, über den Zaun gebeugt mit Phlox ...

*

Geschichte, Entwicklung. Betrachtet man sie methodisch, rational, und ist man bereit, sich auf die Mühe des Begreifens einzulassen, so läuft vielleicht alles auf eine verzweifelte Schlußfolgerung hinaus. Fast alle Stimmen, die sich in den letzten hundert Jahren, bewußt oder ungewollt, als prophetisch erwiesen haben, sprechen von einem *Ende.* (Noch bei Gottfried Benn, wieviel »letzte« Gesten, »letzte Worte ...) Eine Bewegung des Scheiterns oder des Fallens: Leopardi, Baudelaire, aber auch Trakl. Die Ahnung, fast die Gewißheit, des nahen Todes.

Dennoch, wenn es wahr ist, daß jeder, wie auch immer beschaffenen Anstrengung des Begreifens stets ein »schwarzer Fleck« widersteht, eine letzte undurchsichtige Schicht, so könnte man sich vorstellen, gerade durch diesen schwarzen Fleck könnte so etwas wie ein irrendes Leuchten dringen, eine Hoffnung (aber das Wort ist zu hell) einsickern.

Doch hier müßte man festhalten, daß dieser Gedanke nicht als ein Axiom aufgefaßt werden darf, von dem aus die Welt mehr oder weniger leicht wiederaufzubauen ist; vielmehr ist er etwas wesentlich Dunkles, sich Entziehendes, einzig dazu da, so scheint es, Grund unter die Füße zu bekommen, ein Atemholen noch im Schlimmsten zu gestatten, das dennoch das Schlimmste bleibt. Eine Hilfe, gewiß, aber nicht zu beweisen, nicht genau zu umreißen.

Eine Ermutigung, sich außerhalb der Systeme zu halten, die eine geschichtlich-notwendige Bewegung nach oben oder unten voraussetzen.

*

Bäume und Vögel. Was dem Vogel der Baum ist, versteht man besser, oder sieht man einfach erst, wenn man einen Baum von oben betrachtet oder wenn er neben einem Fenster steht, aus dem man sich lehnt. Sein Dominium, sein offener Käfig, seine Schaukeln, seine Leitern. Eine Art vielstöckiger Pavillon oder ein Turm mit wippenden Abflugstellen – wenn es sich um eine Akazie handelt, gerade jetzt von weißen Laternen aus schlechtem Papier beleuchtet, die bald ihre frische Glätte verlieren werden.

Damit zu tun hat wohl das freudige, vielschichtige Gefühl, das sich für mich mit dem Wort »Pavillon« verbindet. Man bewohnt einen offenen, durchlässigen Raum, der dem Pflanzlichen nahe bleibt und den die Luft durchstreift. Die Gärten Chinas, in denen die Dichter ihre subtilen Lobpreisungen der Welt verfaßten.

*

Traumreste. Meine Mutter und eine andere alte Dame, ihre jüngste Schwester vielleicht, bei Tisch, bei ihr zu Hause. Die Traurigkeit ihrer verschlossenen Gesichter fällt mir auf. Sie spricht von meinem Vater, von einer Affäre, in die er verwickelt gewesen sein soll; er wußte da wohl, anhand von Beweisstücken, Bescheid über eine zwielichtige Gestalt. In diesem Moment kommt mein Vater mit einem Gast herein, einem gepflegten Herrn, völlig weißhaarig, doch noch im besten Alter. Mein Vater schimpft, weil der Salat noch nicht fertig ist. In einem bestimmten Augenblick geht der Gast an mir vorbei und rempelt mich an. Dies sind die einzigen Elemente, die mir im Gedächtnis geblieben sind, doch abermals hat mich die Schwärze, die Härte, das Ausweglose an diesem Traum überrascht und beeindruckt, die überall gleichermaßen unheilvolle Beleuchtung, die darin auf scheinbar unbedeutenden Szenen und Szenenausschnitten lastete. Ich erinnere mich auch noch, daß der Besucher vielleicht der zwielichtige Mann war, von dem meine Mutter zuvor gesprochen hatte.

Als ich dann zwischen vier und fünf Uhr morgens erwachte und undeutlich das Schlagen der Nachtigallen und die klagenderen Schreie von Nachtvögeln hörte, erschien mir das Alter, das Unvermeidliche schlechthin, in seiner ganzen gnadenlosen Härte, und ich sagte mir, wieder einmal, daß kein Leben möglich wäre, das die Augen offen behielte für das Entsetzliche, es sei denn, man hätte einen an Wahnsinn grenzenden Glauben. Nachtgedanken, die das Licht zu zerstreuen hilft. Und am Morgen war da, von Vögeln durchflogen, der Regen.

*

Traum. Mir war, als hätte ich nie im Leben eine schönere Landschaft gesehen; es muß südlich des Zentralmassivs gewesen sein (im Traum erinnerte ich mich, daß ich dort schon einmal gewesen war), im Licht der Abenddämmerung, wie man es vielleicht bei Poussin findet, noch sicherer aber hin und wieder bei Balthus: Berge aus Lavagestein, aus Basalt, schwarz oder violett, die mit ihren riesigen dunklen Waldhängen die Landschaft bis in die

Tiefe beherrschten; und anderswo (hinter mir?) ein rosiges oder purpurnes Licht. Eine solche Schönheit, daß mir Tränen in die Augen traten. Vor allem wohl, als ich zu meinen Füßen, inmitten dieser unter dem goldenen Licht endlos abfallenden Hänge, die lange Enklave eines Tals bemerkte, wo ein Fluß strömte, eine heufarbene Enklave in der Dunkelheit der Wälder, von der ich nicht weiß, warum sie mich dermaßen begeisterte – so sehr, wie es vielleicht eine Vision des Paradieses vermocht hätte. Doch sollten meine Begeisterung, der Jubel, der mich ergriffen hatte, noch wachsen, als ich, diesmal im Vordergrund, ganz nahe, feine weiße Bäche vorschießen sah, von denen die einen dem Abhang horizontal folgten, wie die »bisses« im Wallis, während die andern geradewegs hinabflossen. Am Ufer des Baches, der ganz oben, parallel zur Straße, dahineilte, saß eine alte Hirtin, von der ich nur die von der Arbeit abgenutzten Hände sehen konnte.

Als ich mich von diesem Ort losreißen mußte, um zum Hotel zurückzukehren, merkte ich, daß ich viel weiter von meinem Ausgangspunkt entfernt war, als ich angenommen hatte, und daß die Rückkehr recht problematisch werden würde.

Juni

Tübingen. Ich hatte vage gehofft, im Hölderlinturm das Zimmer, in dem er sein halbes Leben verbracht hatte, unverändert zu finden, das Fenster, dem sich gleichförmig die leeren Jahreszeiten seiner letzten Gedichte eingeschrieben hatten – so wie man von Montaigne immerhin etwas in seiner Bibliothek wiederfindet, oder von Rousseau in Les Charmettes. Doch vielleicht gab es schon nichts mehr zu retten, als Deutschlands Interesse an Hölderlin erwachte; wie dem auch sei, die paar Kupferstiche, die Bücher in ihren Vitrinen, der sorgfältig gebohnerte Raum, die neugestrichenen Wände, alles müßte seinen

Schatten verjagen, wenn er versucht wäre, dort noch umherzustreifen.

Aber da sind, gleich nebenan, jene farbigen Häuser, die auf den Neckar hinabblicken, und in der Mitte des Flusses erhebt sich eine kleine, mit Platanen bestandene Insel; am Fuß jener Häuser (das größte ist das berühmte Stift) terrassenförmige Gärten mit heute schlammigen Wegen, zu denen die Mieter über bedenkliche Holzstege gelangen; und dort, im Freien, unter den Wolken, bei dem, was diesen Gärten an Zartheit und Wildnis verblieb, zwischen dem Fluß und den alten, würdigen Häusern, auf den von Studenten gepflegten Rasenflächen, dort schwebt noch so etwas wie eine zeitlose innige Vertrautheit – ein Akkord, wie er ähnlich hier und da in seiner Dichtung erklingt.

München. Von der Stadt bleibt mir, außer der Erinnerung an unsere freundlichen Gastgeber, nur ein Eindruck enormer Leerräume, öder, weitausgedehnter, regelmäßiger Flächen: große Plätze, riesige Baustellen, breite Straßen. Die Ruine des Armeemuseums, die man mitten auf einem mit Grünflächen bedeckten Platz in ihrem Zustand beließ, mit den Farben von dunklem Backstein und Zement, schöner als manche restaurierten, neugotischen oder neoklassizistischen Gebäude, erhebt sich wie ein massives Gespenst, bedeutungsschwer, bedrohlich, ein Symbol des Scheiterns, des geschichtlichen Unglücks, der Abwesenheit.

Dies also sieht man: diese öde Reihung von Leere, diese Gespenster, all diese Neu- oder Ausgeburten des neunzehnten Jahrhunderts: Kolonnaden, Spitzbögen, Obelisken, Triumphbögen, Siegesgöttinnen; und, im Hofbräuhaus, unter den Klängen eines hemdsärmligen Trios – Akkordeon, Klavier und Trompete –, das ein Kind zu Füßen der Musiker hingerissen nachahmt, massige Mannsbilder von der Gattung Ochse oder Schwein, mit dicken Köpfen, plumpen Gesichtszügen, diese kolossalen Kellnerinnen, rotgeschwitzt, bereit, gleich loszuschimpfen, loszulachen, diese Lieder und Gesänge, die sich erheben, um jäh auszusetzen, wie ein Muhen, rhythmisch begleitet von Faustschlägen auf grobe Holztische, in die einige Amerikaner auf der Durchreise töricht genug sind, ihre Namen zu ritzen. Als hätte sich das Gewaltsame, Ungeschlachte des Nibelungenlieds übertragen auf eine große Stadt, nach vielen Kriegen und Gewalttaten, die unendlich viel grauenhafter waren als alles Gemetzel in jenem Epos.

Die Alte Pinakothek erstaunlich reich: wie von vielen anderen Museen auch behalte ich nicht unbedingt die besten Bilder im Gedächtnis, sondern wohl das, was in dem Augenblick, als ich es sah, in mir etwas Tieferes ansprach als den bloßen Sinn für Malerei. Hier zum Beispiel *Apoll und Daphne* von Poussin, das dieselbe mythische Szene darstellt wie sein letztes, unvollendetes Gemälde, mit viel weniger Gestalten. Wegen der Freiheit, mit der sie gemalt sind, und wegen der Kraft der Schatten schien es mir der *Inspiration des Dichters* (in Hannover) verwandt.

Was einen gleich vor dieses Bild zieht, sind die Farben, ihre Betonungen: dunkelblau (unter den Wolken), braunrot, gelb oder golden, das goldene Licht und die Tiefe des Himmels; die zugleich dunkle und warme Tonart des Ganzen. Das ist es, glaube ich, was einen zuerst anrührt, eine tiefgestimmte, reiche, noble Harmonie, die den Blick bannt. Dazu kommen die heitere Ausgewogenheit einer Dreieckskomposition, die, erhöhend, verherrlichend, eine aufrecht stehende Frauengestalt feiert, und eine Melancholie, jene des Alten, der ein Fluß ist (Peneios?), der seine Augen bedeckt und das glänzende Wasser zu seinen Füßen verrinnen läßt. Schließlich ist da jenes Paar, das die Umarmung und die Entfernung zugleich entdeckt; sind da die Anmut und die Grausamkeit der Liebe und die geheimnisvolle Dazwischenkunft des Laubs, als eilte es, Flammen ähnelnd, herbei, um die Beute vor dem Jäger zu schützen.

November

Die *Vorsteherinnen des Altmännerhauses* von Frans Hals. Eine alte Frau, die nichts mehr zu erwarten hat als den Tod und die zittert, die wie ein Bündel trockenen Holzes ist – und an die fast nichts mehr herankommt.

Der Balsam der Bäume, des Himmels, der Farben, der nicht heilt, oder der nicht mehr heilt, nicht mehr genügt.

Das Unbekannte, das da kommt, das nichts anderes mehr zu sein scheint als wachsende Schwärze.

Nicht mehr wissen, wie das zu schreiben, zu sagen sein wird, der Unmöglichkeit fast sicher sein, weil mit Trümmern nichts zu bauen ist.

Christus, die Passion.

Worte, die getragen würden, allein noch getragen würden von Mitleid, von Staunen, von der Angst.

Im Spiegel das Gesicht der Vorfahren, in der Hand die Feder der Vorfahren. Der Mutter, des Vaters.

Die Stimme, welche die Luft nicht mehr trägt; das Schwarz des Himmels.

Jemand, der sich entfernt, nirgendwohin.

Kein Wissen mehr, das genügen würde. Alle scheinen mühelos zu sprechen, in entschiedenem Ton; ich habe fast »die Sprache verloren in der Fremde«, in meinem eigenen Land, in mir selbst. Kaum ein Wort, das nicht seiner Substanz entleert wäre, das nicht, will man es gebrauchen, entglitte, oder aber sie haben keine Beziehung untereinander. Ich würde schreibend gerne dem Lauf der einfachsten Worte folgen und vermag es nicht. Was ist dem

Menschen widerfahren? Von einem unsichtbaren, namenlosen Pfeil getroffen.

Worte wie hohle, entleerte Schoten.

Ich verabscheue nun jedes Wort, das ich gesagt habe und das noch voller Selbsttäuschung und Lüge steckt. (Erbauer auf diesem Staub. Erbauer von Häusern aus Staub. Erbauer von Staub.)

Aus dem Körper müßte ich mir die Worte holen, nur aus dem Schmerz oder der Angst, dort wo sie übereinanderrollen wie Steine im Gebirge.

Wenn die Zeit beginnt, sich in die Gesichter zu graben, den Blick langsam verschleiert, trübt, in die Irre lenkt. Dann ist es soweit. Die Erde steigt an uns hoch wie das Wasser an den Kähnen.

Die Luft trägt und bezaubert die Landschaften nicht mehr. Weinberge und Obstgärten sind ein Feuer im Gelände, zu dem der Blick nicht mehr vordringt. Der Blick hat keine Wurzeln mehr.

Das Licht des Himmels genügt nicht mehr, oder ist nicht zu entziffern.

Wenn der Waldkauz durch die Nacht ruft, ruft er nichts und niemand. Ich beginne ihn wieder zu hören, wie damals, als ich an der Seite jener fast vergessenen Frau lag, aber ich folge ihm nicht mehr im Geiste in die Wälder; höchstens könnte ich selber seinen Vogelschrei ausstoßen – da sonst nichts mehr imstande ist, mich von der Nacht abzulenken. So schreien können wie er!

Dennoch habe ich das Verlangen, weiterzusuchen, weiterzugehen, nicht gänzlich verloren.

*

Großer Vorhang, großer Wolkenvorhang, ein Rauch über dem Laub, das aussieht, als würde es brennen.

Hoher regloser Rauch, Schleier bis in die Höhe, wozu ihn lüften mit kraftloser Hand.

Meine Blicke sind wie Tiere, die keine Nahrung mehr finden.

Das Werkzeug zerbrach; die Hand, die es hielt, nur noch Haut und Knochen; der Wille, der sie lenkte, wird schwächer.

Ich bin wie einer, der nicht mehr lebendig ist. Gespensterworte und -blicke, ohne Wärme, ohne Leben, ohne Sinn.

*

Traum. In Rom. Langsamer Spaziergang mit einer völlig unbekannten Frau. Als ich ihr die Hand auf die Schulter lege, entzieht sie sich nicht. Das Glück dieses ersten Geschehenlassens, das größte Glück. Wir gehen in eine Trattoria, trinken Weißwein, jenen, den ich damals so gern trank. Gesten der Fürsorge: friert sie nicht etwa, usw. Dieser schlichte Augenblick auf der Straße, in der Menge.

Dezember

Ein Mann, vorgebeugt, auf den feuchten Stiel der im Regen vergessenen Harke gestützt, das Feuer betrachtend, wie es sich im Laub vorgräbt, die Höhle des Feuers.

*

Waldkäuze, die einander antworten, mehrere, fast jede Nacht. Es ist der Vogel, den ich vor beinahe fünfundzwanzig Jahren, in Sèvres, für eine Schleiereule* halten wollte.

* Franz. *effraie.* »*L'Effraie*« ist der Titel eines frühen Gedichtbandes von Philippe Jaccottet.

Zu sagen, daß ich ihn jetzt anders höre, wäre zu schwach ausgedrückt. Trotz des Gedankens an den Tod, den das Gedicht enthielt, war es auf den ganzen Raum der Zukunft hin offen. Jetzt besteht die Wahrheit wohl darin, daß es gar keinen Platz mehr für ein Gedicht gleich welcher Art gibt, weil die Illusion einer Verbindung zwischen den Welten zerstört ist, weil man in keiner Erwartung mehr lebt als der des Verfalls. Und dennoch ... es bleibt dieses »dennoch«, das nicht mehr Kraft hat als ein Blick. Es bleibt das Nicht-Wissen, das zunimmt.

Und die Schönheit eines Wintermorgens. Am Fenster: durch das kalte Glas des Herzens.

1973

Januar

Am Ufer des Sees von N., am Morgen nach Weihnachten, der Flug eines Raubvogels vollkommen sichtbar im reifbedeckten, durchscheinenden Wald. Als überraschte man ihn in seinem sonst verborgenen Leben.

*

Unten an der Böschung des Friedhofs, der lebhafte Bach. Zwischen den vergilbten, doch schon erwachten Gräsern dieses rasche und an manchen Stellen glitzernde Wasser, dieses spielerische, heitere Wasser auf seinem Bett dunkler Erde. Der Himmel blind wie manche Scheiben.

*

Es ist etwas kälter geworden. Ungleichmäßig beschlagene Fensterscheiben. Hindurchblickend sieht man einen rosigen Streif, einen Himmel, der ganz klar werden wird. Hört jemanden einen Eimer mit Kohlen füllen. Keine Gottheit erhebt sich mehr, reckt sich mehr, hinter jenen Bergen.

*

Manchmal glaube ich überall bloß noch Gespenstergespräche zu hören, jenes »Piepsen der Schatten«, von dem Henri Thomas spricht (in *Sainte Jeunesse*).

*

An diesen späten Nachmittagen im Winter ist eine kristalline Zerbrechlichkeit, vor dunklem Grund, etwas, wofür das Wort »violett« wohl den richtigen Ton träfe.

*

Abende wie rosiges Holz. An den Böschungen der Landstraße die Zähne des Feuers.

März

Bahnhof Montparnasse. Der Zug nach Nogent-le-Rotrou ist brechend voll. Mir gegenüber ein altes Ehepaar; die Gesichter angenehm, freundlich. Der Mann, der nur mit eingestiegen ist, um seiner Frau bis zur Abfahrt Gesellschaft zu leisten, hat seine Hand liebevoll auf ihr Knie gelegt. Sie sprechen herzlich und unbekümmert miteinander. Ebenso unbekümmert umarmen sich zwei junge Leute, deren Küsse ganz unüberhörbar sind; ein kleiner Junge, verdutzt-beeindruckt, weist seine Mutter mit einem Augenzwinkern diskret auf sie hin. Als das Mädchen in Versailles ausgestiegen ist, wandte sie sich vom Bahnsteig aus mit einem leuchtenden Lächeln zum Zugfenster;

der junge Mann kam nicht einmal auf den Gedanken, hinauszublicken.

*

Rückfahrt von Paris mit zwei Geschäftsleuten aus Nordfrankreich im selben Abteil. Ein alter Mann, der, wie er betont, beide Kriege mitgemacht hat, noch ganz rüstig; er fährt von Charleville nach Montpellier, um eine Nichte zu besuchen, die er seit fünfzehn Jahren nicht gesehen hat. Man brauchte ihn nicht zu drängen, daß er einem sein ganzes Leben erzählt. Er hat vor einem Jahr seine Frau verloren und klagt über die Schwierigkeit, eine neue zu finden. Vor kurzem glaubte er, auf eine Perle gestoßen zu sein, gute Köchin, geschickt und so weiter – als er feststellen mußte, daß sie auf den Strich ging. Mit siebenundfünfzig Jahren. Er hat ihr eine Ohrfeige versetzt und ihr schleunigst den Laufpaß gegeben. Er findet es sehr gut, daß man die alten Stadtviertel von Charleville abreißt.

Die andere Reisende, eine Bretonin, deren übermäßige Schminke ihre Häßlichkeit unterstreicht, kommt aus Valenciennes. Auch sie fühlt sich im Norden wohl, wegen der Supermärkte. Das Rhônetal, dem der Zug folgt, scheint ihr wie ausgestorben; der Alte entrüstet sich darüber, daß die Böschungen längs der Bahnstrecke nicht von Strauch und Kraut gesäubert werden.

Wenn man abseits lebt, vergißt man, wie die meisten andern Menschen denken. Ich weiß nicht, ob das besser ist.

Der Umstand, daß ich in meinen Büchern hin und wieder von gewissen begünstigten Augenblicken gesprochen habe (was im übrigen nichts Neues war), hat mir den Besuch eines jungen Malers eingetragen, dessen Ehrgeiz es ist, eben jene Augenblicke zu malen. Ich habe ihn nicht so ermutigen können, wie er es wünschte. Ich habe wohl durch gewisse Erscheinungen, auf dem Weg durch gewisse Texte, an dem Punkt, wohin sie mich führten, das Gefühl gehabt, bei etwas Elementarem angelangt zu sein; bisweilen war mir, als träte ich auf eine wunderbare Lichtung hinaus. Aber kann man davon *ausgehen*? Ich sehe zu viele Dichter (oder Maler), die es nicht abwarten können, das nach vorn und an den Anfang zu stellen, was ich, beinah ohne es zu wollen, am Ende und hinter den Dingen zu erraten glaubte. Ähnlich machen es jene, die glauben, vom Heiligen ausgehen zu können, oder schlimmer noch, von einer Vermengung aller möglichen Arten des Heiligen, wie die oberflächlichste Mode sie nach Belieben zusammenstellt, den Möbeln verschiedener Stilepochen vergleichbar.

*

Sein Bündel Bilder schnüren, das Inventar seiner mageren Habe machen? Eine Gespenstergeschichte ... Alles sagt uns, überdeutlich und mit einer Vielzahl bald ausgelöschter, blutiger Beweise, daß es darauf hinausläuft, und dennoch zweifelt man noch daran, daß dies alles sein soll.

Was nur geschrieben, nicht gesagt werden kann ...

(Von wem ist das: *Je te donne ces vers afin que si mon nom / Aborde heureusement aux époques lointaines* ...? Es klingt wie von Du Bellay oder wie ein Echo von Du Bellay. Baudelaire? Ich weiß nicht, warum mir diese Verse gerade jetzt durch den Kopf gehen.)

Nimm diese Bilder, diese Schatten an,
nimm diesen Rauch, dies Nichts. Du siehst
erschrocken: deine Hände werden anders,
dir schwindelt, weil dich Eingebung und Kraft verlassen.
Also, schreib auf, was war.
Jetzt, da die Elstern schachbrettstill die Tanne wechseln
im leichten Regen, den der Wind hochweht,
zeige den Freunden die Gespensterspuren ...

Das Kind, das Angst hat, trägt den Plan der Stadt
im Herzen eingeschrieben.
Die Schule leitet, rot und bös, ein Hahn.
Die Sattlerei riecht stark. Feucht, die Päonie.
Die Lampe mit den grünen Perlen rings
gibt dem karierten Wachstuch Glanz. – Ein Buch.
Die Hand, die seine Seiten wendet.
Siegfried reitet in Worms ein, über die hohe Zugbrücke
– weißer als Schnee, sein Pferd –;
seine barbarische Geschichte, eine vergeßne Stimme
entziffert sie in der Frakturschrift,
gleich wird er mit dem Speer im Rücken niedersinken,
neben der Quelle, zwischen Blumen.

Es ist nicht so, wie man glaubt, man lebt ja keine Geschichte,
in der sich eines aus dem anderen ergibt,
zwischen vertrauten Gesichtern …
Wie fern sind die Leute, und haben sie überhaupt ein Gesicht?
Hat man es vergessen, nie gesehn, oder hat man's versteckt?
Jedenfalls blieb davon nichts im Gedächtnis, nichts Ganzes.
Wo waren sie? Wo waren wir?

Etwas näher manchmal die Blumen, die Buchshecke, ein altes Ding,
das sich verwandelt hat in einen Talisman.
Näher manche Stellen, eine Mauer mit dem Spalier
von Obstbäumen, ein kleiner Tempel rund in einem Garten,
und wo man aus den dunklen Straßen vortrat,
das Arsenal, blind hinter seinem Gitter,
die Sägewerke unter ihren langen Hallen,
ihr goldener Staub zwischen Bahnhof und Friedhof,

und das Gefängnis, ein Wall über dem Fluß aufragend:
die kleinen dunklen Fenster mit den Eisenstäben!

Die Broye hörte nicht auf im Nebel zu fließen,
am Sonntag sprang das Echo der Gewehre, kurz und
scharf,
von den grünlichen Felswänden ab.
Ein Paar wurde alt überm Warten auf einen Brief
aus Amerika.
Vier Schwestern welkten dahin im allzu verschlossenen
Haus,
Die eine irrt in rosafarbenem Hemd über die krumme
Treppe,
die andere kommt in die Anstalt, wo sie malt, lauter
Sträuße,
die älteste, weil sie immer am Herd steht,
hat ganz rote Wangen und trägt immer Schwarz.
Und Sophie, wird sie nicht ins Wasser gehn aus
Liebeskummer?
Aber der Vater lacht in sich hinein, es schüttelt den feisten
Leib.
Zur Vesperzeit holt man die ewigen Plätzchen
aus einem innen rot gestrichenen Schrank.

Was machst du da? Du bist nicht traurig und nicht froh.
Du stehst vielleicht bloß staunend da
und ißt mehr Bilder als Brot ...

April

Picasso ist gestorben. Die Zeitungen erheben ihn in den Rang eines Michelangelo, eines Goya, eines Velazquez – und vernachlässigen dabei einen entscheidenden Unterschied. Picasso war vielleicht eine Art Genie; doch das Genie einer Epoche, deren Kern Leere ist. Das ergibt eine seltsame Art Genie, die blendet oder verwirrt, ohne zu überzeugen.

*

Junge Blätter des Feigenbaums, wie lauter für Laternen oder Nachtlichter bestimmte Schälchen, die das Licht gelblich durchscheinen lassen.

Mai

Wachsendes Grün, zu plötzlich, wie Hochwasser, angeschwollen, fast bedrückend wegen dieser Raschheit, dieser Hast; aber auch wegen etwas anderem, irgend etwas Schwerem, das mehr Schatten gibt, dem Regen näher ist, weniger »ursprünglich«, weniger »beginnend«.

Die grünen Federn der Kastanienbäume unter einem staubigen Himmel, im leichten Wind: unter seinem lauen Hecheln. Löwenzahn, in der Kindheit gesehene Wiesen, mit einem unerklärbar trostlosen Blick – als wäre alles leer oder für immer unzugänglich.

Zu schnell erschienenes Grün
schon zu schwer, zu feucht
grüne Schwester der Wolken
und diese gelben Blumen in den Wiesen
überall, viel zuviel
im untröstlichen Blick des Kindes
als sei die Zukunft
als sei die ganze Welt
auf Leere gemalt.

(Farben bitter wie eine Medizin.)

Plötzlich von Angst gepackt im lichten Sonnenschein
vor den gemalten Wiesen
wo bloß noch wurzellose Schatten vorbeiziehn.

Es kann auch vorkommen, daß einen im wachsenden, fast überschwenglichen Grün ein entgegengesetztes Gefühl der Verarmung beschleicht – als würde gleichzeitig offenkundig, daß der Schutz, den uns das Laub oder die Farben gewähren, keinem die Not oder den Schauder der Angst erspart.

*

Ganz gebeugt sitzt sie da, wie das Papier sich krümmt, das man ans Feuer hält. Man zögert, davon zu sprechen; Worte darüber zu machen hat beinahe etwas Abscheuliches, und dennoch gehört dies zum Wesentlichen.

*

Was ist die Nacht? Und der Entflammte in diesem Dunkel der Nacht?

*

Erstaunlich, die geringe Anzahl von Erinnerungen, die mir von den einzelnen Epochen meines Lebens bleiben, und ihre Unbestimmtheit. So jenes Hotelzimmer in der Rue d'Odessa – die schwache Glühbirne und der Spiegel an der Decke, das Dröhnen der Züge – aber was noch? Man wird wie im Traum gelebt haben.

*

Traum. Spaziergang in einer großen Stadt. Unversehens befinde ich mich in einem sehr großen, sehr alten, grauen oder weißlichen und ganz leeren Gebäude, auf dessen Schönheit ich andere Leute hinweise. Dann ist der Schauplatz in einem anderen Gebäude mit einem Innenhof; im ersten Stock befindet sich ein Mann, der nicht herunterkommen will, den die Polizei aus seinem Versteck zu holen versucht, wobei ich helfe, indem ich die Treppe hinaufgehe. Von der Türschwelle aus wirft er Dinge in den Hof. Bewaffnet ist er mit einem armseligen Messer.

Folgt ein dritter, seltsamerer Ort, eine Art weiter, leerer Dachspeicher, und auch dort befindet sich ein Mann (fast ein Bär), der auf die Frau, mit der ich gekommen bin, wartet, um sie derselben Prozedur wie alle anderen zu unterwerfen: er will sie durch ein rasches und genaues Skalpieren töten und sie, indem er die Bretter des Fußbodens hochstemmt, verstecken, ersticken, sie durch diese Falltür stoßen, und wieder alles verschließen. Wir versuchen, ihm zu entkommen. Sein Handeln erklärt sich daraus, daß man ihn selbst lebendig begraben hat, während des Krieges.

September

Le Tertre. Morgens. Blick nach Westen. – Die große Wiese mit den Ochsen hatte mich schon bei meinem ersten Aufenthalt im Jahre 1959 fasziniert. Es ist ein Abhang gerade unterhalb der Terrasse, der sich bis zu dem von Bäumen verdeckten Bach hinzieht. Jenseits ein bewaldeter Höhenzug. Die elfenbeinfarbenen Ochsen scheinen im Verlaufe des Tages ihre Plätze nicht zufällig zu wechseln. Jetzt, da der Schatten beginnt, auch den oberen Teil einer angrenzenden Wiese zu verlassen, steigen sie schräg hoch und weiden das trockene, spärliche Gras ab, als folgten sie der Sonne; Starenschwärme geben ihnen das Geleit oder fliegen ihnen voraus. Dann kommt diese Bewegung, an der fast alle teilgenommen haben, zum Stillstand, und es bilden sich Gruppen. Einige legen sich nieder. Andere bleiben zu zweit, reiben mit den Nüstern über das Rückgrat, versuchen hin und wieder, mühsam, gespenstisch, sich zu paaren. Ihre Langsamkeit, wenn sie sich lecken oder vor sich hin sehen, macht, daß man sie manchmal weiter entfernt glaubt, als sie eigentlich sind, in einem Traum befangen. Im unteren Teil der Wiese spenden vereinzelte Bäume etwas Schatten, in den sie sich später flüchten werden.

Auf dem Rasen der Terrasse wie Herden, die Vögel der Venus – die sich auffliegend durch ein Geräusch wie Beifallklatschen bemerkbar machen.

Bei den hingelagerten Ochsen sieht man die Hörner besser – manchmal, nicht immer, nach oben gebogen. Eine Elster spaziert einem von ihnen über die Stirn, verharrt lange dort, macht sich zu schaffen, ohne daß er sich rührte. Wiederkäuend liegen sie in der Sonne, am Boden hingestreckt wie Grabsteine oder Grabmäler chinesischer Kaiser. Eine große Regungslosigkeit herrscht überall in der Landschaft, der Himmel darüber ist ein blauer Dunst. Ohne die Motoren in der Ferne und den Wind in den mächtigen Bäumen wäre die Stille vollkommen. Kein Muhen. Diese ruhig das Gras auskostenden Tiere mit ihren spitzen weißen Hörnern.

Blick nach Südwesten. Dort stehen in schöner Anordnung die wunderbaren großen Bäume oberhalb des Bassins, wie auf einem Gemälde von Poussin, diesem Sohn der Normandie. In dem wohlbedachten Durchblick zwischen den beiden Baumgruppen sieht man Bellême auf dem Kamm seines Hügels, wie viele Ortschaften hier am Morgen von der Sonne im leichten Dunst zu Kristall geschliffen. Wie klar und ruhig alles scheint! Und wie der Morgen und die Entfernung täuschen! Sie täuschen, und dennoch existiert ihr Schein, grau, bläulich und rosa; es sieht aus, als schwebe alles zugleich schwerelos und gesammelt. Noch ruht der Blick auf diesen Dingen, jemand, der hinter diesen Fensterscheiben hier arbeitet, weiß, daß er sie nächstes Jahr nicht sehen wird, und schreit nicht auf vor Verzweiflung oder Auflehnung – sondern denkt noch an alles, an die andern, zuvorkommend und voller Herzensgüte.

Die Alleen im Park mit ihren verschiedenartigen Bäumen haben jede ihre Farbe, ihre besondere Abstufung des Schattens; sie bieten dem Denken oder der Träumerei wunderbar Schutz.

Die Tauben, betrachtet man sie prüfend aus der Nähe, sind lächerlich: wie kokett unter ihrem Sonnenschirm dahertrippelnde Damen aus der Zeit Marcel Prousts werfen sie sich in die Brust und hören nicht auf, den Kopf schräg zu legen, zu nicken: ein Gegenstand für Jules Renard. Aber sie sind auch und vor allem etwas anderes, wenn man nur ihren Flug gewahrt, die wechselnde Gestalt des Schwarms, mit weißaufleuchtenden Flecken. Man vergißt, daß sie damit beschäftigt sind, sich zu ernähren. Ihr Flügelschlagen, wie Fahnen an einem Festtag knatternd. Nie erschienen sie mir seltsamer, schöner, sprechender als in diesem Frühjahr, morgens, wenn ich, gerade aufgestanden, sie in dem noch über den Rasenflächen schwebenden Nebel entdeckte.

Oktober

Tod Ingeborg Bachmanns, bei lebendigem Leib in ihrem Bett verbrannt, weil sie ihre Zigarette nicht ausgemacht hatte. Sie war jemand, der hin und her schwankte, als sei sie immer im Begriff, in alle Fallgruben, in alle Abgründe zu stürzen. Sie war in außergewöhnlichem Maße verschlossen, in sich selbst befangen, und zugleich den Eindrücken, den Aggressionen der Außenwelt ausgesetzt. Es ist schrecklich, schreiben zu müssen, daß die Falle des Feuers, in der sie ihr Ende fand, eine von jenen ist, die sie erschaudernd in ihren Büchern hätte erfinden und beschreiben können.

November

Traum. Auf halber Höhe einer sehr großen Steintreppe, in einer alten Stadt, begegne ich Fräulein R., in ihrem blauen Mantel, mit blauem Hut, von bürgerlicher Eleganz, im Einklang mit dem Geschmack, den sie zu ihren Lebzeiten hatte; ganz sie selbst. Ich kommentiere diese Auferstehung zusammen mit einer ihrer damaligen Freundinnen, in fassungslosem Staunen. Dann hat auf einmal meine Mutter, die doch noch lebt, die Stelle von Fräulein R. eingenommen; auch sie in meinen Augen vom Tode erweckt, und ich werde nicht müde, sie zu befragen. Ich erinnere mich bloß noch daran, daß ich sie auf meine Frage, wovon sie denn in der Zwischenzeit »gelebt« habe, erwidern hörte: »Vom Betteln«. Ich bringe sie nach Hause (nicht in unser Haus, sondern in eine unbekannte Wohnung); man holt meinen Vater, der befürchtet, daß sie ihm nicht einmal zulächelt. In diesem ganzen Traum, dessen Einzelheiten ich vergessen habe, herrschten eine Fassungslosigkeit und eine Art Freude, die das Herz zerrissen. Meine Mutter, fast immer ausgestreckt ruhend, schläft in der Mitte des Zimmers.

*

Begräbnis von C. M. d. G. Einheimische tragen den Sarg aus nacktem Holz unter die Linden und lassen ihn in die Grube hinab, an der von unserer Freundin bestimmten Stelle. Der Priester liest mit leiser Stimme ein lateinisches Gebet. Die Worte haben etwas Beruhigendes und Vornehmes, das auf geheimnisvolle Weise mit dem Himmel zusammenstimmt, den die sehr hohen, fast entlaubten Bäume gerade über der Grube sehen lassen.

*

Eine große Peitsche schräg über die Seite ... »Die Sprache ist die Peitsche der Luft.« Jeden poetischen Komfort zerstören.

*

Wie spricht ein Schatten, eine Art Schatten oder Abwesender, der in der äußersten, durchsichtigsten Klarheit des Winters schwebt und fast seine eigene Transparenz haßt – die gerade noch dazu taugt, diesen Kristall zu zerstören oder sich zu wundern, daß er möglich ist, daß er existiert und man ihn betrachtet. Fast im Zorn oder beschämt, das Gesicht jedoch trocken, die Leere der Luft, des Gartens, den unsichtbaren Raum der Luft durchquerend. Unter dem schrägen Orion.

Dezember

Gott sprach zu ihm: Geh hinaus, auf den Berg, und tritt vor den Herrn! Und siehe, der Herr ging vorüber, und ein großer starker Wind, der die Berge zerriß und die Felsen zerbrach, vor dem Herrn her. Der Herr aber war nicht im Winde. Nach dem Winde aber kam ein Erdbeben; aber der Herr war nicht im Erdbeben. Und nach dem Erdbeben kam ein Feuer; aber der Herr war nicht im Feuer. Und nach dem Feuer kam ein stillsanftes Sausen. Da das Elias hörte, verhüllte er sein Antlitz mit seinem Mantel, und ging und trat an den Eingang der Höhle. Und siehe, da kam eine Stimme zu ihm und sprach ... (Könige XIX, 11-13).

Und wenn er nicht einmal mehr im Sausen ist?

Worte des Schattens, eines Schemens, eines Nebels.

*

Das Feuer bei Tagesanbruch, in den blauen Bergen.

1974

Januar

Ein Rabe, Höhe gewinnend in schrägem, geduldigem Flug vor den rosafarbenen Wolken der Frühe.

März

Bei der Lektüre von Castanedas Büchern, in denen dieser Anthropologiestudent von seinen Begegnungen mit einem indianischen Medizinmann in Mexiko und von der Initiation in die »Erkenntnis« berichtet, die jener ihm schließlich zuteil werden ließ (Bücher, die seitdem auf außergewöhnliches und im Grunde verständliches Interesse stießen), fiel mir zunächst die Qualität des Erzählens auf; es bleibt stets nüchtern und versteht es, die drei Gefahren zu vermeiden, welche dieser Art Bücher drohen: der wissenschaftliche, der journalistische und der lyrische Stil. Ich hatte hin und wieder den Eindruck damals (beim Lesen der ersten beiden ins Französische übertragenen Bücher), daß er »dichterisch« weiter gelangte als die Gedichte, zu denen Michaux durch ähnliche Erfahrungen inspiriert wurde.

Der auf den 6. Juli 1962 datierte Bericht über das Pflücken des Peyotl im Gebirge, zum Beispiel, ließ mich an *Die Fürstin* von Lawrence denken und zugleich an das *Gespräch im Gebirg* von Paul Celan: vage, vorschnelle Vergleiche, gewiß, und doch begründbar, weil sich in diesen so verschiedenen Texten etwas Gemeinsames wiederfindet, ein mit der Gebirgslandschaft, mit der Idee des Passes, des Überschreitens einer Grenzlinie verbundenes Warten auf ein entscheidendes Ereignis. (Situationen dieser Art müssen in mir, wo immer ich auch auf sie stoße, wenn nicht Erinnerungen, so doch sehr tiefe Träume wecken, daß sie mich in diesem Maße bewegen und bezaubern. Bonnefoy erkundet sie auf seine Weise in *L'Arrière-Pays*.)

Ich weiß nicht recht, wie weit man dem Bericht von diesen Erfahrungen Glauben schenken soll. Die Verwandtschaft mancher von ihnen, nicht nur mit archaischen Mythen, sondern auch mit der dichterischen Erfahrung, sind jedoch offensichtlich; und manche Worte, die der Autor dem Medizinmann in den Mund legt, hätten auch von Heidegger oder von einem Zen-Mönch ausgesprochen werden können. Andererseits haben mich die Munterkeit, das Vertrauen des Schreibenden und, blickt man tiefer, die Art und Weise, wie er dem Blick neue Perspektiven aufschließt, mehr als einmal an André Dhôtel denken lassen; besonders in dem Abschnitt über die Raben, und in *Sehen* die außerordentliche Erfahrung des gepflügten Hügels und die mit ihr verbundene bewundernswürdige Lektion, wie die »Geräusche der Welt« zu hören seien. »Es gibt nichts zu verstehen. Verstehen ist nur eine ganz bescheidene Angelegenheit, völlig bedeutungslos«: sind diese Worte Don Juans, des Medizinmanns, nicht bis in den Tonfall reiner Dhôtel?

*

Mantua ... Um die Mittagszeit, unter grauem Himmel. Man sieht zuerst diese Wasserflächen, wie Seen, die der Mincio auf zwei Seiten der Stadt bildet; einige Kähne schwimmen dort (wie jene im Hintergrund des *Marientodes* von Mantegna), schwarz, reglos, leer – oder mit einem aufrecht sitzenden, schwarzen, gleichfalls regungslosen Fischer darin; in dem grauen Dunst, der zu dieser fast öden, lautlosen Stunde die ganze Stadt einhüllt. Jedesmal, wenn man auf einen dieser von der Zeit so wenig beschädigten italienischen Plätze hinaustritt, fühlt man sich angerührt, über sich hinausgehoben, als würde einem da eine sehr ferne Schönheit endlich wiedergegeben; man empfindet staunende Bewunderung, die bald in Melancholie umschlägt; an diesem Ort noch mehr, Vergils wegen, dessen man hier gedenkt, jener ungewissen Seen, des zu großen, zu leeren Palastes wegen, wo die Feuchtigkeit an den Wänden nagt, die Säulen abnutzt, die Fresken trübt und die Schritte der Besucher gefrieren läßt. Vergil ... Eben lese ich auf einer hohen, an der Fassade eines Palasts angebrachten Marmortafel Dantes Verse aus dem sechsten Gesang des *Purgatorio,* welche die wunderbare Begegnung von Vergil und Sordello schildern:

Doch sieh die Seele dort, die tief im Schweigen
hierherblickt; einsam harrt sie, auf uns achtend.
Sie kann gewiß den nächsten Weg uns zeigen. *

Nur diese Sprache ist solcher hohen und strengen Wohnsitze würdig, wie auch die Fresken, auf denen Mantegna die Geschichte der Gonzaga mit den Bäumen, den Pferden, den Bauwerken und dem Himmel in Einklang gebracht hat; indem er sogar noch, über ihrem Schicksal, das hier übrigens eher lastend als freudenvoll erscheint, Platz fand für den Traum, den jede Öffnung auf eine Ferne in uns hervorruft.

Oktober

Gewiß, wir können nicht mehr hoffen, dasselbe Licht zu sehen, dem Dantes Blick standzuhalten versucht, je weiter er zum Ende seines Buches emporsteigt. Und dennoch, es ist doch schon vorgekommen, daß wir eines erblickten, das vor jenem vielleicht nicht allzusehr verblassen mußte – unversehens werden wir seiner gewahr, in unserem Raum, unserer Zeit – ebenso rein, ebenso herzzerreißend, aber es fügt sich nicht mehr in eine alles beherrschende

* Aus dem Italienischen von Richard Zoozmann. (*Dantes Werke*. Herausgegeben von Erwin Laaths, Berlin u. Darmstadt 1960)

Ordnung ein, die das gesamte Universum zu umfassen vermag. Es ist, als schwanke dieses Licht in Ruinen umher, wie ein Irrlicht oder wie wildes Gras.

*

Ein Augenblick des Staunens: den gestirnten, kristallklaren, schwarzen Winterhimmel wiedersehen, dabei an die Verse des *Paradiso* denkend, an Dantes Reise durch die neun Himmel.

1975

April

Ravenna. Hierher müßte man zurückkehren und lange haltmachen, herumstreifen, in Büchern oder Chroniken der damaligen Zeit lesen; denn hier schwingt noch etwas, das dem, was andere italienische Städte einem geben, nicht gleicht; etwas, das dieses eher weiße Licht und die fast schläfrige Ruhe der Stadt bewahrt haben; oder doch wenigstens zu bemerken helfen, selbst bei einem zu kurzen Besuch. Diese Ruhe, die nicht die einer reinen Touristenstadt ist und die mich ein wenig an die seltsame Schönheit von Aigues-Mortes erinnert, vermittelt einen Eindruck von Ferne, von Abgeschiedenheit, und zwar sowohl auf den Straßen um San Vitale, zum Beispiel, wie außerhalb, beim Grabmal Theoderichs oder bei San Apollinare in Classe. Diese Entrückung gleicht der des Traums. Sie hilft einem, die Kirchen Ravennas nicht als Museen zu betrachten, bereitet auf die Stille vor, die sich dann im Innern mühelos vertieft.

*

Hotel Rosa, Mailand. In der vollkommenen Stille gegen drei Uhr morgens, in einer Wüste kalten Steins, der Gesang einer Amsel.

Mai

Das schrille oder sausende Hereinbrechen der Mauersegler, das von neuem die Höhe des Himmels spürbar macht.

Juni

Auch hier die absolute Stille um drei Uhr früh – in den »kleinen Stunden« der Nacht, wie Claudel sagte –, bis auf das Geräusch des Weckers, wie eine Art Säge, die die Zeit zerstückelt. Die Nacht. Ich kann Licht machen, doch das Licht der Lampen ist jetzt kalt, hilft einem nicht. Ich kann nach unten gehen in ein anderes Zimmer. Doch ich werde nicht aus der Nacht heraustreten, es gibt keine Möglichkeit, ihr zu entrinnen, ich werde eingeschlossen bleiben zwischen ihren Wänden, die Zeit allein wird mir helfen, der Nacht zu entrinnen, indem sie behutsam nach und nach den Tag an ihre Wände malen wird (und ich werde ihr also gar nicht wirklich entronnen sein); doch dieses Bild ist mehr ausgedacht als erfahren, denn das Morgengrauen wird eigentlich eher das Aufgehen einer Tür in diesen Wänden sein – selbst wenn es sich im Grunde so verhält, daß der Tag auf das Schwarz der Nacht gemalt ist.

*

Traum. Ich habe davon nur einen Teil behalten, wahrscheinlich das Ende. Wir sind eingeladen (ich weiß nicht, wer mit mir), von einem Fenster oder einem hohen Balkon aus in der klaren Morgenluft Vögeln beim Jagen zuzusehen. Es sind zwei, in verschiedener Höhe, am Himmel. Eine Art Tauben. Die untere, die ich zuerst entdecke, kreist langsam, schlägt mit den Flügeln, schwebt dann regungslos, sehr elegant. Dann wende ich den Blick der höher Fliegenden zu, fast genau uns gegenüber, näher, deutlicher sichtbar. Mag sein, daß mich da die Erinnerung an die Vogeljagd streifte, wie sie sich bei Góngora findet. Der Gedanke, endlich gesehen zu haben, wie diese Vögel jagen, erfüllte uns mit einem Gefühl tiefer Befriedigung, ja Freude. Der obere Vogel bewegte bald den rechten, bald den linken Flügel, langsam, fast feierlich (wie ein Priester bei der Messe). Bald stellte ich fest, daß er in der Luft »aufrecht stand«, wie es kein Vogel tut. Und als ich den Blick wieder senkte, sah ich, daß der untere eine Frau war, die aufrecht in der Luft genau dieselben langsamen, unendlich ruhigen, heiteren, wie segnenden Bewegungen wiederholte. Diese Frau war nicht jung, auch nicht nackt, wie man es sich vielleicht gewünscht hätte, wie ich vielleicht beim Erwachen mit Bedauern gedacht habe, sondern eine Art Krankenpflegerin oder eine ältere Nonne, grau und weiß gekleidet wie das Gefieder der Taube, mit grauem Haar, das Gesicht leicht faltig – jedoch keine alte Frau, auch niemand, den ich jemals gesehen hätte.

Danach oder gleichzeitig oder vielleicht zuvor, ich weiß es nicht mehr, spielte ich auf einer Klaviatur aus rohem Holz, deren Tasten in mehreren Reihen übereinander angeordnet waren, wie bei einer Schreibmaschine, und ganz unregelmäßig, eher den Springern eines Cembalos ähnlich, die jedoch bald schmal, bald breit, bald rechteckig, bald am Ende abgerundet waren. Darauf spielte ich eine wunderbare Musik, die den Flug der Vögel begleitete und nachahmte und die zugleich ein Gesang der Liebe, der lebhaftesten Zärtlichkeit war; das Publikum hinter mir bebte, schauderte vor Freude, ich konnte gar nicht mehr aufhören zu spielen, obwohl das Stück zu Ende war, die Begeisterung wuchs, ein ganzer Chor frohlockender Stimmen erhob sich hinter mir, der ich immer noch weiterspielte – als der Traum abbrach.

Ich kann mir vorstellen (so unbewandert ich auf dem Gebiet bin), was die Psychoanalyse im Hinblick auf diesen Traum behaupten würde: daß ich in ihm den gelungenen Liebesakt nachgebildet habe, daß die Nonne für meine Mutter steht, und anderes mehr. Ließe ich eine solche Deutung als »Ursprung« der Bilder zu (und warum nicht?), so läge mir doch daran, daß durch diese deutende Erhellung die Bilder selbst nicht ausgelöscht würden – die Vögel, der Himmel, die Höhe, die Morgenluft – und die Nonne (was sie betrifft, drückte ich innerhalb des Traumes meine Befriedigung darüber aus, daß ich ein solches Wunder gesehen hatte, dessen Realität ich keinen Augenblick bezweifelte; mag sein, daß ich bereits im Traum an meine Lektüre Castanedas dachte) – und die Musik. Mit den Träumen verhält es sich wie mit den Gedichten, die sich auch nicht auf das reduzieren lassen, was sie insgeheim speist und was sie verbergen und verwandeln, bewußt oder unbewußt.

August

Das Morgenlicht vergoldet die Rücken der großen Bücher.

Oktober

Und von neuem die weiten schönen Tage ...

Noch einmal, die ruhige Heiterkeit des Oktober ...

Die Luft umgibt, ist etwas gar nicht Vorhandenes, ist Weite, Raum, ist Fehlen von Bedrückung, von Mauern: an die Luft, ins *Freie* kommen.

Das weite Gelände, erst an seinen Rändern leicht ansteigend, an seinen fernen Rändern, wie eine Wiege.

Es ist die Luft, die man nicht sieht, die man trinkt, fast so wie frisches Wasser, der ganze Himmel ist wie ein großes

Glas Wasser, und die Luft ist frisch, erfrischend, löscht den Durst. Man stutzt jetzt die Hecken, der blaue Garten lichtet sich, und es ist, als stiege man Sprosse für Sprosse eine Leiter hoch. Zweige und Gras werden aufgehäuft, trocknen, man wird sie später mit einem Gefühl der Freude verbrennen: Knistern der Flammen im Rauch, wie eine andere Art Luft, angriffslustig, hin und her zuckend, farbig, Auftrieb gewinnend. Umgekehrter Wasserfall.

Mögest du mit diesen Blättern noch ein paar Feuer anzünden können auf dem Hang der Zeit ...

wo aus der Tiefe der Kindheit
ein Klang heraufdringt, dunkles Glockenläuten ...

(So ist es, ich bin umgeben von Bildern, die entgleiten, die zerbrochen sind, ohne Beziehung zueinander, schnell vorbeigezogen und verschwunden wie Vögel, und ich möchte sie aufs neue zusammenbringen; werde, falls es nicht gelingt, selbst vor der Zeit zersplittert.)

Wenn mir ein Grund bleibt, weiter zu sprechen, dann der:
aus verborgnem Gewässer in mir das Beste zu schöpfen,
nicht zuzulassen, daß es steht und fault
und den Himmel rings um mich trübt ...

(Der Abend wird gelb, gibt den großen, dunklen Blättern Wachsglanz.)

*

Mandelstams Gedicht, aus dem Jahre 1921, das mit dem Vers beginnt: *Ich habe mich nachts gewaschen im Hof* (oder einfach: »draußen«)*, ist in meinen Augen ein Vorbild an Dichtung, das Gegenteil fast der gesamten heute geschriebenen (und leider auch meiner eigenen Versuche, die so

* »Nachts, da draußen, wusch ich mich.« *Tristia.* Aus dem Russischen von Ralph Dutli. Zürich 1993

hoffnungslos weit entfernt sind von dem, was ich erstrebe und eben in einem solchen Gedicht bewundere). Von den einfachsten Dingen aus das Nahe und das Ferne zusammenbringend, versöhnend, rauh, ohne angestrengt zu sein, schmerzlich, doch nüchtern. Übrigens hatte mir seit Jahren kein anderer Dichter so wie Mandelstam das Gefühl vermittelt, es mit »großer« Dichtung zu tun zu haben, selbst durch Übersetzungen von gewiß sehr ungleichem Wert.

*

Ganze Tage blau und gelb, fast windstill, eine große blaue und gelbe Fahne, die nicht flattern würde an ihrer unsichtbaren Stange, kaum ein leichtes Flügelschlagen in den Bäumen. Sie werden schnell gelb, verlieren eines nach dem anderen ihre knisternden, brüchigen Blätter, die, faßt man sie an, zerfallen wie verbranntes Papier. Ruhe, die sich ausdehnt, weitere Maschen, die Dinge, sich öffnend, dem etwas bleicheren, etwas weißeren Licht: ein heller Rauch. Die letzten Weintrauben nehmen die Farbe des Abends an. Selten hat man eine so lange Zeit des Friedens genossen, während anderswo, fast überall, blinde Gewalt die Oberhand gewinnt, hoffnungslos; so daß wir in dieser Gegend, diesem Licht, diesem Frieden eigentlich auch nicht mehr ganz anwesend sind.

November

An der Flanke des Ventoux, an der Kante eines kleinen Tals dort, erhebt sich ein Kamm weißer Wolken.

*

Am hellichten Tag ein sichtbarer Mond – im blassen Blau des Novemberhimmels über den alten Gärten, der feuchten Erde.

*

Sieben Uhr morgens. Der erste Vogelruf dreht sich wie eine Rassel, nur kurz, bricht ab, dreht sich länger, setzt wieder aus, knarrt von neuem ein paar Sekunden. Ich weiß nicht, welcher Vogel morgens diese Stimme hat. Es hört sich beinahe wie ein Insekt an, so trocken und mechanisch. (Vielleicht ein Specht, der den Schnabel in die Rinde bohrt?)

Der Laut kündet kein Nahen eines Aussätzigen mehr an.

*

Das Geräusch der gelben Espen im Steinbruch, wie ein Bach.

*

Kein Licht machen, die Lampe nicht anzünden; um den Augenblick, wenn es Tag wird, um sein wahres Licht zu erkennen, sein Entstehen und Verlöschen zu spüren.

Am Fenster die Zeichen, die aufgeschlagenen Seiten des Himmels lesen. Im Osten ist der Himmel ganz von grauen, am unteren Rand schwarz gesäumten Wolkenwülsten bedeckt, und die Farben eines faden Tagens sind nur genau im Süden zu sehen, dort, wo die glas- oder kelchförmige Öffnung des Himmels den Horizont berührt. Der Rauch der ersten Feuer, der Rauch des schweren Aufstehens der Älterwerdenden wirbelt hoch, weißlich; der feuchte Asphalt glänzt spiegelhell zwischen den letzten Blättern, man hört Motorengeräusch und vereinzelt den Schrei eines Hahns.

*

In den Steinbrüchen von Saint-Michel: Ausblicke durch die dunklen Bäume (Kiefern und Steineichen), Ausblicke auf kleine Dörfer, Solérieux, Montségur; Zusammenstimmen von Feldern und gepflügter Erde, grün und braun, grün und ocker, grün und rot – bis zu purpurrot. Ein anderer Zusammenklang als der früher bemerkte (von grün und rosa, blau und gelb), der *tiefste* (winterliche), jedoch keineswegs kalte Farbklang; man wäre im Gegenteil versucht, ihn zunächst eher warm zu nennen, tief, wie tiefe und dennoch klangvolle Töne, ruhig, gedämpft. Nicht so sehr begeisternd oder erfreuend oder blendend als ein Grundvertrauen stärkend. (Winter, die Jahreszeit, auf die Verlaß ist.) Tief und tief in einem nachschwingend – schon vor jedem Gedanken an das Gras, an die Erde. Abendfarben – wie man sie an dem sieht, was vor der Dunkelheit kommt – jedoch nicht wie das letzte Auflohen der Sonne an den herbstlichen Bäumen – wie etwas Dauerhaftes, Regungsloses, auf das man den Fuß setzen, auf das man bauen kann.

Als ob die Pflanzen hier aus einer Feuerglut hervorsprießen würden, *gluthold* (wie man früher von kalkholden Gewächsen sprach). Über dieser Glut im Freien erhitzte Samenkörner, die aufspringen, gedeihen, ein grünes, frisches Züngeln, das bald die Glutschicht bedeckt haben wird. Teppich. Ein auf dem Boden hingebreiteter Wandteppich (dieselben verhaltenen, festumrissenen Farben). Unter dem Himmel, an dem ein mehr oder weniger dunkles Grau vorherrscht.

Doch das Wort Glut ist noch zu feurig.

Es steckt Eisen in dieser Erde, es ist eine verrostete Erde. Indessen bringt einen der Hinweis auf diese Beziehung, bei aller wissenschaftlichen Triftigkeit, nur noch weiter ab.

Diese Erde fühlt sich kalt an; fürs erste bleibe ich jedoch bei meinem ersten Eindruck, daß die Idee (oder eher die Empfindung) des Feuers hier im Hintergrund gegenwärtig ist: ein Feuer, das zu Erde geworden wäre, das sich

beruhigt hätte und als Erde andauern könnte, das gealtert wäre in Form von Erde.
Grab der Gräser, Wiege der Gräser.

Dezember

Arbeit im Garten. Die Sonne geht gegen fünf Uhr unter, das Tageslicht bleibt bis um sechs. Das Blau der Berge wird dunkler, etwas Rosa an den Waldungen und am Himmel; jenes Weiß, von dem man nicht zu sagen wüßte, ob es Wolken sind, ihr Bauch, oder Schnee, der gerade zum ersten Mal gefallen ist. Rosa, blau, weiß, braun. In diesen Winterstunden kommt es zu einer seltsamen Mischung. Das ist zugleich dunkel und licht, tief, leicht, kalt und zart. Der Schnee (oder der Bauch der Wolken) wirft dann einen Schein wie eine nackte Lampe in einem blaurosa Zimmer. (Man darf diesen eigenartigen Holz-Charakter des Winters nicht vergessen; er hat etwas von einem Holzbau, von Gebälk, mit der Patina der Zeit, mit allen Vorstellungen von etwas Festem, Rauhem, und zugleich Menschlichem, »Gutem«, die das Holz in einem hervorruft. Man ist vielleicht ein wenig wie in einem holzgetäfeltem Raum. So ist der Abend – kühler, dunkler, tiefer als bei Tage. Den Grund der Dinge bildet also dieses Braun und dies fast metallische Blau: Holz und Eisen – und an einer Stelle darüber ein weißer Lichtschein wie durch das Glas einer Lampe; und an mehreren ein rosafarbenes Aufleuchten, Sonnenreste. Und der Schnee eher wie der Mond um Mitternacht.

Mozarts Quintett KV 516. – Etwas, das wie aus der Tiefe der Erde heraufsteigt, das aufquillt von jenseits der Erde, wie ein auferstandenes Licht, wie Lazarus, etwas Helles, Weißes, das wächst, in Wellen oder mit dem Schlag bleicher Flügel: dies noch hören, noch sehen können – in einer übernatürlichen und dennoch einfachen Ruhe. Und ihm entgegen, von jenseits des Himmels, noch ein anderes, weißeres Herabschweben. So begegnen sich Liebende, beflügelt.

1976

Januar

Abends: der Hügel wie ein Tier mit rotbraunem oder falbem Pelz, wie ein Fuchs; weiter weg erhebt sich der leichte Berg, kaum dunkler als der Himmel – während in der Luft das vertraute, rosafarbene Licht wiederkommt, sein zartes Feuer.

*

(Vorletzter Besuch bei Gustave Roud.) Er bewegt sich nur noch mit Mühe fort, zwingt sich jedoch, quer auf seinem Liegestuhl zu sitzen, ohne sich anzulehnen; hin und wieder hat er sogar Mühe, die Worte zu finden. Man könnte meinen, es falle ihm schwer, unsere Welt noch zu bewohnen. Auf dem Tisch die Gedichte von Emily Dickinson: das Bild eines Rotkehlchens markiert als Lesezeichen die Seite, auf der ein Gedicht über diesen Vogel steht, ein wunderbares kleines Gedicht, das er auf englisch auswendig herzusagen versucht, doch es gelingt ihm nicht.

Er spricht von den Sehstörungen, die ihn in letzter Zeit zweimal befallen und beunruhigt haben. Das erste Mal bildete sich ein orangefarbener Hof um sein Blickfeld, und alles, was dieser Lichthof umschloß, blieb trüb; daher das Gefühl, abzuirren, sehr beängstigend: als triebe er auf eine andere Welt zu. Das zweite Mal, als er gerade vom Augenarzt kam, wegen der Tropfen, die man ihm in die Augen geträufelt hatte: eine so starke Blendung, daß die

Teile der Straße im Schatten der Hecken genauso grell waren wie die in der Sonne. Die Kraft konkreter Beobachtung, die er diesen Beschreibungen verlieh, sowie der Anschein von Heiterkeit, mit dem er sie gab, setzten mich in Erstaunen.

Zum ersten Mal, seit ich ihn besuche, ist er beim Abschied nicht mit hinaus und durch den Garten gekommen, um uns »auf den Weg zu bringen«, wie er zu sagen pflegte. Er hat es bloß angeboten.

*

Abermals diese fast zu hellen – nie zu hellen – Tage, das Laubfeuer im Garten, aus dem wirr die Fahne mit den beiden Farben, Flamme und Rauch, aufweht: in der bis ans Gebirge klaren Luft, durch das Gezweige der Bäume, die nur schwache Schatten werfen.

*

Der Wind hat aufgehört, es ist wieder einer dieser besonders klaren Morgen, kurz vor dem Aufgehen der Sonne (spät, und wie mir scheint, stark nach Süden verschoben in dieser Jahreszeit). Welche Worte könnten das *Blau* der Berge jetzt wiedergeben, unter dem silbrigen, wolkenlosen Himmel, in dieser reglosen Welt, wie man es am Ende einer Straße oder über den Dächern erblickt? Es ist ein nicht sehr farbiges Blau, oder es ist etwas anderes als eine Farbe (dies ja sowieso, da es sich um Berge handelt). Farbe der Nacht, des Schlafs (und bald darauf, etwa in der Zeitspanne, die man braucht, um von einer Straße zur andern oder wieder nach Hause zu gehen, wird es zu einem Rosa, dann zu einem Goldton – den das blendende Licht der aufgegangenen Sonne verzehrt). Es ist weder ein Hellblau noch ein Dunkelblau. Das Relief der Hänge ist überhaupt nicht sichtbar, nur die Linie der Kämme.

(Beim Wiederlesen heute denke ich von neuem an

dieses Blau, das ich inzwischen noch einige Male gesehen habe, nicht sehr oft, da ich nicht die Kraft hatte, so früh aufzustehen. Natürlich muß man anderswo als im Bereich der bloßen Farbe suchen; aber die Nacht ist dunkler; Farbe des Abends, die noch am unteren Saum des Morgenhimmels steht? Die Beziehung zum Wort »Schlaf« berührt etwas Richtiges; doch da ist auch eine Form, der besser als das Wort »Wand«, das Wort »Fläche« entspräche – oder Vorhang, Schranke? Ein Bruchstück aus einem Satz von früher, oder aus einem Vers, geht mir durch den Kopf: *Gottheiten des Schlafs* ... Doch mir scheint auch [indem ich mich so herantaste], daß das zu diesem Blau gehörende »Bergsein« nicht einfach fortfallen darf. Es ist etwas Fernes, aber Wahrnehmbares, vollkommen Reines, und auch von einer vollkommen ruhigen Sanftheit erfüllt. Ein Friede; eine Sicherheit gebende, fast zärtliche Grenzlinie. So könnte die Wand aussehen, die unserm Ohr ein Echo zurück werfen würde, vom Erwachen, vom Gespräch der Götter. Man horcht – und hat sich selbst noch kaum den Fäden des Traums entwunden. Jemand schickt sich da wohl an, den bloßen Fuß ins feuchte, fast noch schwarze Gras zu setzen. – Jemand, der nie wieder bis zu mir zurückkommen wird.)

... Doch kaum hatte ich wieder Freude gefunden an der Welt, als die Drohung des Alters von neuem jemanden in meiner Nähe befällt, wie eine ungelegene Mahnung – wie ein dunkles Glockenläuten in dieser ganz durchsichtigen Januarluft.

*

Das Mittagslicht auf dem gesägten Holz, auf den Holzbündeln (Flieder und Feigenbaum, der Flieder faserig, die Zweige des Feigenbaums grau, ganz leicht rosa; ein Kollier aus winzigen Buckeln, Punkten an jeder Knotenstelle; ein kleines Schild oder Auge, wo die Triebe abzweigen), die unverhoffte Wärme – dies sanfte, aber spröde Licht – wie

Wasser glänzend auf den glatten Blättern der Krokusse, der Erdbeerbäume, des Lorbeers. Ich kann es sehen auf dem Holz, wie es sich unter die Zweige mischt, die ihre Schattenseite haben, eine schwache Erinnerung an die Nacht, und plötzlich kommt die Kindheit zurück, der Vorfrühling auf den Böschungen der Landstraßen, bei Moudon; und mir scheint, daß an die Stelle der Angst damals, an solchen Tagen (doch war es Angst, warum kommt mir dieser Gedanke, handelt es sich um einen einzigen Augenblick, der mir im Gedächtnis blieb, oder um eine spätere Projektion?) eine Freude, ein glückliches Überraschtsein getreten sind, auch Dankbarkeit für dies leichte, vorauseilende Licht, das die Baumstämme, die Äste rosafarben erscheinen läßt – das Licht des Erwachens, des Hervortretens, Aufsteigens. Es zeichnet die Bäume licht, ihre Stämme, ihre Zweige – und wird durch sie offenbar. Sie sind die Instrumente, von denen es gespielt wird und die es selbst zum Spielen braucht.

*

Die schönen, von Zypressen oder Pappeln umgebenen Obstgärten im Vaucluse, in der Gegend von Cavaillon, Avignon, das Grau, das Rosa, das Strohgelb, das Purpurrot; das Winterlicht, Strohlicht darin, spröde.

(Beim Wiederlesen dieser Notiz bin ich töricht genug, mich noch über dies instinktive Ansprechen des Gefühls auf bestimmte Orte zu wundern. Es ist mir unmöglich, dies Gelände – ein paar Kilometer längs der Autobahn – zu durchfahren, ohne Bewunderung zu empfinden: ich reagiere da wie ein Maler. Diesem Impuls (zu schildern) habe ich zu oft nachgegeben, um nicht versucht zu sein, mich diesmal zu enthalten; doch die Sache bliebe ungesagt, was einen fast reuen könnte, jedenfalls bliebe ein Bedauern. Wenn man schon keine Gelegenheit versäumen darf, sich zu freuen oder aufzurichten ...)

Es war immer besonders schön zur Zeit der Baumblüte,

rosa oder weiß, je nachdem, welche Baumarten in jenen Umfriedungen standen. Wie das Sprudeln einer Quelle in ihrem Steinrand? Die Umfriedung besteht nicht immer aus Zypressen; manchmal auch aus Pappeln, wenn ich nicht irre. Bäume, die ich versucht sein könnte, mit Musikinstrumenten zu vergleichen, wäre das nicht, wie immer, eine gewagte Transposition. Was sicher ist: die äußerste Frische dieses (summenden) Blühens, die einen um so stärker anrührt, als sie von Bäumen beschützt und begrenzt wird, die gleichfalls lebendig, empfindlich und – höherragend – windbewegt sind.

Doch auch nachdem die Zeit der Blüte vorbei war, blieb dies bewunderungswürdig – nur ein wenig rauher –; weil das Holz und die jungen grünen Blätter dann zusammenstimmten, besonders das sanft glänzende, wie eine Patina glänzende, grau-rosafarbene, sehr knotige Holz der Birnbäume. Holzketten, ein Flechtwerk aus Holz, mit hellgrünen Blättern bedeckt, im Schatten der hohen, leicht erzitternden, von der Luft bewohnten, vom Wind belebten Umzäunungen.

Dazu kamen manchmal, halb verwildert, eine Hecke oder dicht zusammenstehende Sträucher.

Wie das Glück ausdrücken, das ich davor empfand? Ich scheine noch lange nicht soweit, dies zu vermögen. Und etwas entfernter, etwas höher, dahinter, der Lubéron, ein fast griechischer Berg. Das heißt: Sockel eines kristallklaren Himmels, der trockene, felsige, stachlige Sockel eines blendenden Strahlens.

Februar

Baudelaires Gedichte: tiefe Dichte und Vollkommenheit. Das Wort »profond« ist einer der Schlüssel zu seinem Werk. Seine Musik »höhlt« wirklich den Himmel. Sie ist Wärme, feurig, und zugleich Nacht, Freude und Trauer zugleich, unauflöslich. In ihr durchdringt wahrhaft das

Unendliche die Dinge und verleiht ihnen Größe, ein langes Nachschwingen im Raum. Das Zimmer, der Raum als ein Zimmer: intim, offen. Die Dichtung hat einen Duft verströmenden Körper, aber auch Augen. Fenster, Terrassen, *Balkon*.

*

Und schon die Zeichen, spröde wie Stroh oder Glas, des Vorfrühlings, am Morgen, am Abend; bereits das erste Grün, das sich vorwagt in die noch kalte Luft.

*

Nicht im Schreiben liegt die Schwierigkeit, sondern darin, so zu leben, daß das zu Schreibende ganz natürlich entsteht. Etwas heute beinahe Unmögliches; aber ich kann mir keinen anderen Weg vorstellen. Dichtung als Entfaltung, Blüte, oder nichts. Alle Kunst der Welt könnte dieses Nichts nicht verbergen.

Darüber hinaus: sollte die Entfaltung eines Werkes, seine Ausstrahlung nach draußen, Menschen, die einem nahestehen, bedrücken, oder auf irgendeine Weise jemanden unglücklich machen – welche Entstellung dessen, was man zu wollen glaubte.

*

Der Bach im Vorfrühling (im Scheinfrühling), unter dem strohtrockenen Schilf verborgen, erst sein Plätschern in der plötzlich lauen Luft weist auf sein Versteck. Innerhalb weniger Tage sind auf einmal die Blumen und die Fliegen da, die ersten Schmetterlinge, Vogelstimmen in verschiedenen Himmelsgegenden; und das frische, herbe Gras.

März

Die Nacht (die »andere Nacht«), oft schwer hinter sich zu bringen, selbst für eine kurze Strecke, als brauchte unser inneres, abnehmendes Licht, einem zu vielfältigen und heftigen Wehen, Hauch und Gegenhauch, ausgesetzt, immer mehr das Licht des Tages, draußen – das an diesen Vorfrühlingstagen magischer ist denn je.

Die Nacht führt einen dennoch zu einer gewissen (schmerzlichen) Mitte zurück, umschließt ihren Anteil Wahrheit, den man oft versucht sein könnte, für den einzigen zu halten. Darin jetzt die allerersten Vogelrufe, Piepsen vor dem Morgengrauen (schon gegen fünf, schien mir, war davon etwas zu vernehmen), als trieben sie Löcher in die Dunkelheit, lichte Stellen in ein Gewebe, zerrissen es mit feinen Hieben nach und nach. Werkzeug des Gefangenen, heimliche, winzige Werkzeuge, Feilen, Meißel – und die schwarze Mauer gibt nach, läßt ein paar Steine herausfallen, von ihrem Ruß etwas herunterrieseln. Jeden Morgen beginnen sie von vorn, zuerst wenige und scheu, dann immer zahlreicher, in leidenschaftlicher Anstrengung, bis zum Sieg. Man kann auch an einen Aufstand, eine Meuterei denken.

Doch ihre ersten Rufe sind auch Wassertropfen vergleichbar, ein hin und wieder aussetzendes Sickern – die Ankündigung der Schneeschmelze: die ersten Anzeichen eines Lauerwerdens der Luft, einer Wiedergeburt, eines jähen, glücklichen Freiwerdens der Flüsse. (Und hier kommen mir Erinnerungen an russische Romane, in denen ein solcher Eisgang – verbunden mit der Osternacht – eine große Rolle spielt. Ich müßte diese nur vage im Gedächtnis behaltenen Stellen wiederfinden: eine wohl in einer Novelle von Tschechow, welche *Die Osternacht* heißt, die andere bei Tolstoi, scheint mir, aber in welchem Roman? Wie dem auch sei, es muß da eine wunderbare Verbindung bestanden haben zwischen diesem Geräusch, diesem vielstimmigen Raunen des endlich befreiten Wassers, und den Kerzen, welche die Osternacht erleuchten, bis zu dem Kuß in der Frühe, bis zu dem Gruß: »Christ ist erstanden!« *»Ad matutinum, au Christus venit ...«*, wie man bei Rimbaud liest *[Une Saison en Enfer]*. Die Gefühlsbewegung bei Anbruch des Tages auf ganz natürliche Weise mit der absurden Hoffnung auf Auferstehung verbunden.)

Schließlich – und vielleicht etwas weniger treffend – läßt dieser morgendliche Gesang der Vögel an Lichter denken, die zunächst einzeln und verstreut, dann immer zahlreicher aufleuchten, an die ersten Funken eines Feuers, das bald auflodert. Doch hier entfernt man sich, wegen der Farbe, wegen des Rots, von der Wahrheit; denn alles, was da vor Tage geschieht, ist farblos, kann nur schwarz oder weiß oder grau sein. Blinken des Werkzeugs, der Klingen, Wasserglänzen, vorüberziehender Nebel; oder manchmal verhüllt er die ganze Landschaft, wallt um das Haus und löst sich erst in der kräftigen Sonne auf.

*

Im Licht des zu Ende gehenden Winters, das rosafarbener Staub ist, in der leicht befremdlichen Stille eines Nachmittags – als könnte von einem Augenblick zum andern sich irgend etwas ereignen – der nahe Flug der Meisen. Ihre Farben: ein bleiches Gelb, Grau, ein bleiches Blau und Schwarz. Farben des Nordens. Farben emsiger Abgesandter des Nordens. Vögel aus Norwegen ...

*

Immer häufiger ist man versucht, sich zu entziehen, sich abzuwenden, zu schlafen. Dies ist manchmal der Wunsch, der Seufzer Hölderlins; es ist das bittere Begehren Baudelaires am Ende seines Lebens: »Schlafen, immer nur schlafen, dies ist heute mein einziger Wunsch. Ein infamer, scheußlicher, aber aufrichtiger Wunsch.« Dagegen muß man sich wehren, und sei es auch nur, weil man die logische Strenge schätzt. Denn entweder das eine oder das andere, wenn man konsequent sein will: entweder Schluß machen, auf der Stelle, ohne sich in Klagen zu ergehen, oder auf der Stelle kämpfen, ohne nachzugeben, mit den reinsten Waffen, über die man noch verfügt.

*

Verschiedene Gedichte wiedergelesen, sicher zu rasch. Wie wenige scheinen mir heute notwendig, wie wenige öffnen, sei es auch nur spaltbreit, die Tür zu der anderen Welt, die in dieser hier vielleicht anwesend ist. Wie wenige bringen den fest geglaubten Grund unter uns zum Schwanken. Baudelaire untergräbt uns tief und gräbt tief in uns, tiefer als jeder andere. Blitze durchzucken das bis ins letzte ausgefeilte Werk von Scève, lassen Flammen schlagen aus einigen Sonetten der Louise Labé. Ihre Lyra fängt Feuer wie Haar in der Sonne.

*

Ich komme auf den Gedanken der »beiden Nächte« zurück, die durchsichtige, weite, magische, und die andere, die ein Gefängnis ist, dem man nicht entrinnt. Fühlt man einen Druck auf sich lasten im Bett, im dunklen Zimmer, steht man wohl auf, öffnet die Tür, geht die Treppe hinunter – absolute Stille herrscht in jenen Stunden –, doch das ganze Haus ist wiederum ein Gefängnis; und tritt man aus dem Haus, so sind da noch jene viel höheren Mauern, jenes ungeheure Gewölbe ohne den geringsten Spalt. Könnte man tatsächlich entrinnen, würde man sich vielleicht erinnern, daß die Nacht offen ist; doch in Wirklichkeit hat man sein Bett gar nicht verlassen und spürt so etwas wie eine Wand jenseits der Wände, einen Wall ringsum, noch breiter und überwindlicher, der fast unweigerlich zum Bild des Todes wird, des Todes, für den es kein Tagwerden mehr gibt. Vorläufig kannst du noch warten, Geduld haben, dich selbst zur Ordnung rufen. Gewiß, die Stille ist eher lastend als besänftigend; eine ungeheure Leere – die dauert. Man ist beinahe erstaunt, daß keine Seufzer und Schreckensschreie ertönen. Es kommt zu einem Abgleiten, Abdriften. Wenn man jedoch geduldig ist, wird die Mauer mit Gewißheit bald Stück für Stück abbröckeln. Die Vögel werden kommen; sie sind wie in aller Frühe aufgestandene Arbeiter, die Breschen schlagen und deren Eifer mit dem Fortschreiten der Arbeit zunimmt. Manchmal hört man sie wie der Gefangene die Schlüssel zu seiner Freilassung. Ein leichtes Klirren auf dem engen Gang.

Die Todesnacht hingegen, wie man sie sich vorstellt, ist die letzte Nacht, die für immer ohne Vögel sein wird. (Ihre Stimmen sind schon emsig, schon dabei, im Osten Feuer zu machen – und plötzlich schlagen die ersten Flammen hoch. Kleine eifrige Hirten, einem entgegenkommend, ganz begeistert.)

Die Nacht, in der wir vergeblich auf sie warten. Unmöglich, einen Ausgang zu finden. Von Geburt an sehen wir uns gegen diese Wand gedrängt. Sie kommt näher, wird höher, breiter, lastet schwerer. Doch das alles sind nur Bilder, schön oder nicht, immer viel zu schön.

Das einzig Schlimme ist der vorzeitige Tod, der Tod vor dem Tod, im Leben. Man wird jäh erfaßt, eine Hippe durchtrennt den Augenstiel – während Tage und Nächte weiterhin abwechseln, ohne die geringste Veränderung.

Etwas Seltsames, die Augen; sie trinken die Welt und tragen bei zu ihrer Verwandlung, in immaterielle oder weniger materielle Bilder. Abgetrennt oder verbraucht oder erloschen. Wie schwierig alles, für jeden von uns!

April

Der Schrei, der in der grünen Fülle des Laubs gehört werden könnte, der nichts gemein hat mit den Stimmen der Natur, die vordergründige Ordnung der Welt buchstäblich zerreißend, zerbrechend, ihr schönes klares Licht. Die völlige Hilflosigkeit. Die letzte Herabwürdigung, von der die Tiere kein Beispiel geben. *Die Tiger sind schöner anzusehen:* man wünschte, die Welt erinnerte einen weniger oft an diesen Titel von Jean Rhys.

*

Überraschend – Schnee auf dem Flieder, der Wind treibt ihn vor sich her und in die Höhe, in großen Flocken, die schmelzen, kaum daß sie die Erde berührt haben: auf Wanderschaft. Auf den tausend neuen Blättern der Obstbäume, der Gärten und der Waldungen.

Juni

Abends gegen zehn Uhr werden die Blätter schwarz, die Blüten des Oleanders verlöschen, der Himmel wird silbrig wie ein Spiegel.

Wasser, die schnelle, fließende Schlange.

Juli

Orgel (*Fantasie in a-Moll* von Bach): dies freudig-muntere Herabgleiten der Töne, man denkt an einen Berg ganz aus Eis, an Silber, an silberne Wasserfälle oder ein silbernes Gleiten – und umgekehrt, an den Berg als eine Orgel. Eine plötzlich sehr starke Übereinstimmung mit dem Silbernen – während die Trompete siegreiches Gold war.

September

Chinesische Gedichte. Die neunzehn alten Gedichte, berühmt in China. Vielleicht aus der Han-Zeit.

Hoch der Stern des Ochsenknaben,
Weiß die Herrin am Ufer des Flusses.
Schmal reckt die weiße Hand sich,
Weberschiffchen und Klöppel klappern.
Ein Muster für einen Tag ist zuviel,
Ihre Tränen rinnen wie Regen.
Der Fluß ist klar und wenig tief,
Gering nur ist zwischen ihnen der Abstand.
Sie sehen einander, ein Wasserlauf trennt sie,
Blicke, doch niemals ein Wort. *

Dem liegt die Legende von zwei Sternen zugrunde, welche die Milchstraße trennt – »Ochsenknabe« und »Weberin«. Wunderbar, mit wie leichter Hand hier die Sternbilder und die konkrete Arbeit des Webens zueinander in Beziehung gesetzt werden, um die Trennung auszudrücken.

*

Die *Erzählungen eines russischen Pilgers,* das »Gebet des Herzens«, das ihn in einer Art Entrückung durch die Kälte und die Erniedrigung trägt. Die Wälder, die Hütten, die Bettler, und auf einmal, staunende Bewunderung weckend, das Bild jenes großen Bürgerhauses, in dem sehr fromme Leute ihn mit Gebäck, das er gar nicht kennt, das in silbernen Körbchen gereicht wird, empfangen und wo man in »sehr weichen« Sesseln Platz nimmt.

*

* Übersetzt von Friedhelm Kemp, nach einer franz. Übertragung von J.-P. Diény.

Musik. Das erste Bild, das mir in den Sinn kommt: eine Schranke aus Stroh, aus Noten, errichtet gegen die Leere, den Feind. Dann zeigt sich, daß das nicht genügt.

Frische des Abends, wenn man die Tür zum Garten aufmacht, eine wunderbare Empfindung, warum ist sie so stark? Auch am Morgen, mit einem Geruch nach Pilzen.

Ausgrabungsstätte von Fayn, bei Roussas. Auf einem die Ebene leicht überragenden Hügel, die bescheidenen Grundmauern einer römischen Villa. Und die Überreste eines Gehöfts aus dem Mittelalter, in dessen Mauern zahlreiche römische Dachziegel wiederverwendet wurden. Der Thymiangeruch stärker, dauerhafter als die Steine. Der Mandelbaum, der zwischen dem Gemäuer wächst – und plötzlich denke ich an Rom, wegen des Mauerwerks, des Ziegelsteins. Auch dort wächst ein alter Maulbeerbaum, mit fast schon gelben Blättern. Das Licht und der Schatten, beide gleich intensiv.

*

Sehr alte menschliche Spuren, in den Felsen eingegraben. Man fühlt sich angerührt von diesen Zeichen, die von einer großen Geduld zeugen, von einer Kraft, die der des Wassers zu vergleichen ist. Becken, Silos, in denen sich jetzt kleine Tierknochen finden, gehäuft.

Weiter unten, am Fuß des Hügels, in den Weinäckern, Tausende von schwarzen Urnenscherben.

Die Luft ist schwül, und am Himmel, der grau ist wie Zinn, die ersten gelbgewordenen Blätter.

*

Kann das Alter, das Altwerden in irgendeiner Hinsicht ein Gewinn sein?

Kann man dies ehrlicherweise glauben oder behaupten, während man doch feststellt, daß auch der Geist schwächer wird, müde wird, daß die Sehkraft abnimmt, usw.?

(Bei diesem Thema fällt mir ein Vers aus einem der letzten Sonette von Góngora ein. *¿Caduca el paso? Ilústrese el juïcio. Wird schwach der Schritt? Erhelle sich der Geist.*)

Ist es nicht einfach eine der letzten Möglichkeiten, sich der Verzweiflung zu entziehen, daß man sich vorstellt, man würde dem Alter durch eine Verfeinerung der Seele entkommen, usw.?

Wenn wir nur ein Körper sind, wo dann irgendeinen Trost, eine Kompensation fürs Alter finden? Wie wird man sich halten, worauf stützen, auf welchen Stock?

Was hält uns aufrecht, welches unsichtbare Rückgrat?

Oder habe ich unrecht, Fragen dieser Art zu stellen?

– Die Zitterschrift der Greise, ein feiner Sprung.

*

Regelmäßiges Geräusch des Regens, in starrer Schräge: Egge, mit der Sonne dicht dahinter. Das Wasser und der Himmel.

*

Die Gemüsegärten, dort, wo das Gelände »Grands-prés« heißt, haben mich immer berührt und werden es weiter tun, ohne daß ich genau sagen könnte, warum. Es wird sie so wohl nicht mehr lange geben, sie werden irgendwelchen stumpfsinnigen Villen – mit dem ewigen Rasen davor – Platz machen müssen. Jetzt erheben sich noch in den Ecken der Grundstücke, längs des Weges, die Steinhäuschen für das Werkzeug, die so schön sind mit ihren dreieckigen Giebelfeldern.

Sollten diese Gärten so etwas wie natürliche Zimmer sein, mit Bäumen als Mauern, mit Blumen- und Gemüsemöbeln? Ein übertriebenes Bild, aber etwas ist vielleicht daran. Die Lust der Kinder, ein Haus zu zeichnen oder aus alten Brettern eines zu zimmern. Die Erde, sonst nicht kultiviert, erfährt hier eine Ordnung, eine Begrenzung, ohne ihrer Natur entfremdet zu werden. Da ist nichts hergerichtet, herausgeputzt, gewollt, bloßer Schmuck. Die Blumen wachsen schon als lockerer Strauß, Gemüse fault an Ort und Stelle, anderes welkt dahin, das Werkzeug kann ruhig draußen liegenbleiben; abends, nach der Arbeit, kommt es leicht zu einem Gespräch, von einem Garten zum andern. Man geht dort frühmorgens hin, in der feuchten, nebligen Herbstluft oder, im Sommer, mit dem ersten Staubfunkeln der Sonne.

Es sind schützende, zimmerartige Räume, mit Farben im Innern, in der grünen Umfriedung. Nicht die der Obstgärten; wärmer oder »älter« (golden, rostfarben, violett), Farben eines sanften Feuers und der untergehenden Sonne – wie man sie im Winter auch an den Korbweiden sieht, die dann auflodern. Ein Schatz in einer Truhe oder einem Korb. Dort besteht noch ein Einklang mit der Welt, der anderswo roh unterbrochen wurde.

Etwas Altes, gewiß, doch in einem positiven Sinn, wie man es an alten Mauern sieht, an Holz, das eine Patina bekam. Warum? Gedämpfte und dennoch reiche Farben, die alt gewordene Erde?

Die Stimmen steigen zu den fernen Wolken empor, mit den Düften und dem Dampf des Bodens, mit dem Eisenklang des lehmig gewordenen Werkzeugs. Die Leute, die diese Gärten pflegen, müßten sich, so sollte man glauben, besser als andere gegen die absurden Erfindungen der heutigen Zeit sperren (sie tun es nicht). Die schnelle Ausbreitung der Villen überall, so legitim auch die Absicht sein mag, die ihrem Bau vorausgeht, ist wirklich das Symptom einer seltsamen Entwürdigung. Des Zerreißens eines Zusammenhangs. Als ein solcher Zusammenhang noch vorhanden war, gab es wohl auch das Unglück, aber mir scheint, es war, wenn man so sagen kann, »wahrer«; und selbst das Unglück verliert heutzutage seinen Sinn, wird Grimasse.

*

Graues, trübes, aber mildes Wetter.

Der Südwind weht, man hört es, und daß die Dinge hohl klingen, oder gedämpft. Die Freude ist etwas schwer zu Findendes, zu Bewahrendes, schwer Wiederzufindendes.

*

Musik: Laubwerk der Töne wie ein schirmendes Dach, eine vibrierende Mauer, eine poröse Wand, wie ein Filter. Die Melodie wie eine Berg- oder Hügelkette, bald ruhig und gleichmäßig dahinziehend, bald gezackt, heroisch, gespannt. Doch vor allem wie die Linie, die Unsichtbares begrenzt und bezeichnet, Unbekanntes, den Traum jeden Kinderblicks: was ist dahinter? Luftspiegelung, verlokkende Macht.

Oder auch: Wasser, das über die Steine dahinfließt. Und draußen, an diesen feuchten und eher düsteren Tagen, sehe ich die Felsen von Moos und Efeu, wie von einem dunklen und langsamen Wasser bedeckt, von einem nächtlichen Wasser.

*

Eine Epoche weltweiten Ab- und Einreißens – und summarischer Rekonstruktion. Man sieht, wie ein Übermaß an Kompliziertheit und ein Übermaß an Vereinfachung sich widerstreiten und sogar sich verbünden. Die Ergebnisse sind verheerend. Auf der einen Seite das kulturelle Niveau der Medien, auf der anderen die Sprache der Professoren, der Wissenschaftler. Auch hier ist ein Gleichgewicht zerstört worden.

November

Tal des Moulon. Reichlich strömendes Wasser. Wirbelnd und ganz klar, über die glatten, gelblichen, hier und da beckenartig ausgehöhlten Felsen rasch dahinschießend.

*

Roud ist gestorben. Die Beerdigung auf dem Friedhof von Carrouge (die beiden großen Bäume am Eingang, ihr Laub gegen den kalten Himmel).

Dezember

Wolkenzüge, nordwärts, hellgrau auf Dunkelgrau, niedrig, mit Krähen gesteppt – über die ferne regengetränkte Erde hin, ihr schönes Dunkelgrün, ihr Braun.

*

Die Falten der Berge – rauchend von weißen Wolken, die schwer, gewunden, aufsteigen. Schnee, der bis tief herunter gefallen ist.

*

Traum. Wir sind wieder in Venedig, A.-M. und ich. Ich sehe uns zunächst in einem riesigen, hohen Saal, nahe am Meer, durch den viele Leute gehen, eine Art Halle, mit Malereien an den Deckengewölben; und im Traum selbst erinnere ich mich, schon einmal so von Venedig geträumt zu haben, mit Schiffen, die man draußen im Licht sieht, durch breite Öffnungen (zwischen Säulen, wie bei Claude Lorrain); ich finde dies, so scheint es mir jetzt, zugleich wunderschön und recht verschieden von dem wirklichen Venedig. Doch bald wende ich mich wieder den Gemälden an den Wänden und an der Decke dieser Halle zu, im Bewußtsein, daß es, kein Zweifel, die berühmten Tintorettos sind. Zwei Dinge fallen mir auf: das übermäßig farbige Hervortreten der Restaurierung des einen; und insgesamt die Häufigkeit der Lanzen und Schwerter, die den Bildaufbau bestimmen (wie eher bei Uccello als bei dem wirklichen Tintoretto).

Danach gehen wir an einem Kanal entlang. Mag sein, daß wir dort, auf einem Pfahl im Wasser, den ersten schwarzen Vogel bemerken. Er gleicht einem jener Kormorane, in denen ich vor einiger Zeit Vögel des Todes und der Trauer sah, wegen ihrer Farbe, ihres Namens (»cormorans« klingt beinahe wie »corps mourants« – »sterbende Körper«) und wegen meiner kranken Mutter. Der Traum schlug da unversehens um in einen Alptraum. Dann sah ich uns in einer Kirche wieder, auch sie von gewaltigen Ausmaßen, vor allem sehr hoch, doch geschlossen; ihr Boden war eingestürzt, oder man hatte Ausgrabungen gemacht, und aus diesen kellerartigen Einsturzstellen stiegen die mächtigen Stützpfeiler empor. Einige trugen Malereien in einem primitiven Stil, bei denen ein Sonnengelb vorherrschte. In diesem Raum begann nun einer jener Vögel herumzufliegen, bedrohlich, bereit, auf uns niederzustoßen. Danach konnte man nirgendwo hingehen, ohne solchen Vögeln zu begegnen. Auf einem Quai, wo Mütter mit ihren Kindern vorbeigingen, glaubten wir plötzlich einen auszumachen, der in einer Gruppe von andern daherkam, die harmlos, jedoch ziemlich dick waren, einem Truthahn ähnlich oder einem Pfau, und Panik befiel die Spaziergängerinnen. Wir mußten das erstbeste Schiff nehmen, um aus der Stadt zu fliehen. (Mir scheint, ich nannte diese Vögel im Traum wirklich Harpyien, und hielt sie auch für solche.)

Das Ende dieses Alptraums oder eine Szene aus einem anderen Traum derselben Nacht spielt sich am Hang eines sonnigen Hügels ab, der unterhalb einer Waldung ein Feld mit hohen maisähnlichen Pflanzen trägt. Man könnte sich im Gebirge wähnen, im schönen Licht des Sommers. Nun ist aber ein Schnitter dabei, das Feld, wenn ich richtig sehe, mit der Sense abzuernten; wie dem auch sei, die hohen Stauden sind abgeschnitten worden; und in diesem Augenblick löse ich mich von dem Hang, wie ein Segelflieger, ich habe mich in einen Vogel verwandelt, ich fliege, ich triumphiere über die Harpyien – und bin mir bewußt (oder man sagt es mir), daß dieses Wunder möglich war, weil die Pflanzen der grünen Felder abgemäht worden sind.

1977

März

Ein Traum bringt mich zurück in das alte, vor vierundvierzig Jahren verlassene Haus in Moudon: sehr hohe Fenster, ein Kamin, und plötzlich der Schnee; dünne Eis-Scherben schmelzen auf dem hölzernen Kaminsims; und der wunderbare, feine Stich, als jemand sagt, als ich sage: »Es schneit ...«

April

Sechs Uhr morgens: die Berge von einem vollkommen einheitlichen, geschmolzenen Blau, keine Falte, kein Schatten, und doch ist es nicht einfach eine Fläche. Was, wer ist dieser scharfe Sichelmond, genau darüber, der das Herz ritzt? – Und plötzlich eine Eule, hinter dem Trillern der anderen Vögel, eine Zwergohreule, die langsam, zerstreut beharrlich, das Wort *»buée«** zu wiederholen

* Dunst, wie er sich an Gegenständen (Fenster, Spiegel) niederschlägt. Anm. d. Ü.

scheint. Die ersten Blätter des Feigenbaums öffnen sich wie Handflächen unter einem Himmel, der sich mit einer dünnen Silberschicht bezieht.

Mai

Spaziergang in Carrouge, »auf den Spuren von Roud«: die Schönheit der ein wenig kalten Landschaft mit ihren blühenden Bäumen erstaunt mich. Über der Waldung von Les Combes, dem Ort der »Erleuchtung« (im *Tagebuch,* das ich entdecke, geschildert), beginnen ein Sperber und Raben von neuem die Jagd der *Soledades.*

*

Gestern, bei warmem Wetter langer Spaziergang unterhalb der Grande Tuilière und darüber hinaus: es gibt dort ganz unberührt gebliebene Stellen, weit weg von allem, so scheint es, eingefriedete Wiesen, an denen etwas Geheimnisvolles ist – mit dem Geräusch des unsichtbaren, unter Gebüsch verborgenen Wassers. Warum dies Gefühl des Geheimnisvollen? So absurd es auch klingen mag, es ist, als sei dort etwas geschehen, ereigne sich gerade oder stehe kurz bevor, unter den jungen Eichen, und vor allem an jenen lichtungsartigen Geländestellen, die, ganz reglos herüberleuchtend, bei allem Glanz etwas Fernes haben. Als befände man sich auf einmal in einer anderen Welt, ohne diese hier zu verlassen.

*

Das zopfartig geflochtene Wasser in den Wagenspuren des Weges, durchsichtige Stränge, hurtig über die Steine, die Erde hin. Ein befreiender Schwall aus der den ganzen Winter hindurch regengetränkten Erde.

*

Regen auf Regen. Heftige Gewitter: Aufbrechen des Himmels, polternde Steine, man könnte glauben, die Wolken wären aus Stein und stürzten zusammen.

*

Am Ufer des Lez, der Hochwasser führt nach dem heftigen Gewitter der letzten Nacht. Das Wasser glänzt kalt, überflutet Trüffel-Stellen und Thymian, rinnt in kleinen Bächen auf Wegen, die sonst staubig sind. Die Rufe der Vögel, ihr Gesang, gleichen jetzt noch mehr dem Laut des Wassers; nicht dem Regen, sondern dem Perlen und Quirlen, den kleinen Wasserfällen. Einige dehnen, hier und dort, den Raum, messen, in übernatürlichem Takt, die Ferne, Entfernungen; rufen das Gefühl für sie erst hervor.

Das Wasser des breit gewordenen Flusses schießt mit erstaunlicher Schnelle und Heftigkeit dahin, rüttelt, lehmig, an den tieferen Ästen der Aubäume, und macht solchen Lärm, daß man fast erschrickt, wenn man von oben durch hell- und dunkelgrünes Laub auf es hinabblickt.

Durch die Bäume scheinen sich Heckenrosen zu schlingen. Warum sind ihre weißen oder ganz leicht rosa Blüten so schön? An manchen Stellen werden sie hoch in die Luft gehoben von ihren sich in leichtem Bogen wieder senkenden Ranken – ein Brautkranz, mit diesem armen, spärlichen Laub – etwas Leichtes, Armes, wie mit wirrem Haar, widerspenstig, ein Wildfang (doch das vermenschlicht es allzusehr). Vollkommen einfache Blüten, leicht zu beschädigen, ohne Gewicht, wie die der Zistrose, doch feiner, reiner – »engelgleich«? Eher: kindlich.

Die feingliedrigen rosa Leuchter der Kastanienbäume.

Juni

Das bewundernswürdige Vertrauen, an dem Yves Bonnefoy in seinem Essay *Baudelaire und Rubens* trotz allem festhält, die Gedichte Mandelstams (die rätselhafte »Griffel – Ode«, mit ihrer Welt voller Sturzbäche, Kiesel, Luft, Hirten, ihren Wegen durch Gestein): die *Jephtah* von Carissimi, nach Jahren wiedergehört: ihre Melodie, hoch in der Luft wie ein Vogelflug oder wie die Bewegung leuchtender Kugeln, lichten Wassers, dermaßen *überzeugend* – man wüßte nicht zu sagen, wovon –, und der Ton-, der Stimmfall bei den Worten *Plorate, montes,* die Verbindung von Tränen und Bergen, Jungfräulichkeit und Tod – dieser Bach sehr hoch in der Luft …

August

Musik, welche »die Gebeine wieder zusammenfügen« würde, sie wieder aufbauen, zusammenlöten würde, wenn sie einmal zerbrochen sind. (Zwei Geigen lauschend, die draußen in der Nacht Haydn spielten, unter den Sternschnuppen, dabei an die alte Tante H. denkend, die, zerstört, gebrochen, nicht mehr die Kraft hat, sich zu erholen.)

*

Rosa Ackerwinde: im blütenlosen, von den Regenfällen weißgefleckten Rosenstrauch das Höhersteigen des Herbstes.

September

In der Nacht wirre Gedanken über das, was ich allzuoft bei den zeitgenössischen französischen Dichtern vermisse. Zum einen: nicht nur das Vorhandensein, sondern bereits die Möglichkeit eines Schreis aus tiefer Not heraus oder einfach, weil einer nicht mehr weiter weiß, wie man ihn noch bei Baudelaire, bei Leopardi, bei Hölderlin vernimmt. Zum anderen: jene eigentümlichen »Wendungen«, wie man sie in der Musik kennt, besonders in den Melodien Monteverdis oder Mozarts: Pflugschar durch die Erde des Herzens, etwas, das die Angeln des Raums zu drehen scheint, und alles, was man ist, zittert davon nach; etwas, das auch die Dichtung manchmal gibt, zum Beispiel bei Rimbaud: »L'automne déjà ...«

November

Das stille, spärliche Leben der Weiler am Abend, eine einzige Lampe an einem Fenster – und darüber die Vergoldung, die Seide, der Reichtum des Himmels.

*

Der einzelne winzige Ruf eines wie verirrten, völlig unsichtbaren Vogels in der goldenen, ruhigen Luft des Nachmittags, über den alternden Gärten, über dem tiefen Laub, das am Weiterglühen der Blumen hier und da Feuer fängt. (Man denkt an einen Stich, eine Naht.)

1978

JANUAR

Nachtgedanken, unter die Träume gemischt: das von der ersten Liebe erleuchtete Gesicht, wie das Abendrosa an den Mauern, im Winter. Was unweigerlich verlorengeht, dem beide Lebensgefährten untröstlich nachhängen.

*

Und dies dem Winter eigene Rosa – die Wolken gegen Osten abends, in ihrem Aufleuchten manchmal wie Flammen oder Engel, etwas, das sich tief in mir mit Gesichtern von unbekannten Frauen verbindet, mit ihrer seltsamen, plötzlichen Zärtlichkeit in den Träumen.

*

In dem grauen Tag das Geräusch des schmalen, fast immer unsichtbar fließenden Bachs; etwas Wasser unter den Weißdornbüschen, den Ranken, dem Schilfrohr. Blind würde man seinem Flug folgen können, seinem Pfeil, seiner Stimme. Denn es ist auch, als wären Vögel darunter versteckt, an diesen merkwürdig verlorenen Stellen, zwei Schritt vom Wege – mit ihren langen Gräsern von der Farbe des feuchten Strohs, halb zur Erde gebogen. Danach kommt man auf einer weiten Wiese aus, die man ganz vergessen hatte – und ist am Ufer des Lez.

*

Traum. Eine alte Frau sitzt am Ortsausgang von Grignan, an der Straße nach T., unter den Bäumen dort, mit meiner Frau und meiner Tochter. Ich betrachte aufmerksam ihr faltiges Gesicht, das die Form eines leicht in die

Länge gezogenen Quadrats hat, die ruhigen, beinahe harten Züge von jemand, der an das Leid gewöhnt ist, sich ergeben hat. Ich denke, es ist Frau P., und will sie schon fragen, ob es nicht zu schwer für sie sei, dort oben, in dem zu großen Gehöft allein zu leben, als ich meinen absurden Irrtum einsehe: es ist ja ihr Mann, der lebt, der Witwer ist seit dem Tag, wo sie vom Hochwasser der Berre fortgerissen wurde. Es handelt sich um eine andere Bäuerin, die schon längere Zeit krank ist und deren schlechtes Aussehen mir vor kurzem auffiel. Aber da wir aus irgendeinem Grund nach Hause zurückmüssen, gehe ich zusammen mit meiner Tochter weg. Es ist Morgen (die Sonne schien auf die Bäume und das Gesicht der Alten). Wir schlagen denselben Weg ein wie immer. Überall sind Leute, sie brechen auf, man sieht die Spuren eines Lagers, Feldbetten, Schlafsäcke. Junge Leute haben dort wohl die Nacht verbracht, auf den Straßen, auf dem Platz. Beinahe gleich dahinter, auf der Rampe, die zu unserem Haus führt, bemerke ich, daß der Himmel bedeckt und dunkel ist, meine Uhr zeigt aber Viertel nach zehn. Wie ist es möglich, daß es noch so finster ist? Und warum sieht man zwischen den Wolken einige Sterne? Auf einmal befällt mich heftige Angst. Diesmal ist es soweit. Das ist sie, die Verwirrung der Welt, die letzte Umwälzung, die das Ende ankündigt.

Beim Erwachen erstaunt mich die ganz besondere Art von Traurigkeit, die in gewissen Träumen herrscht. Es handelt sich nicht um die Angst der Alpträume, die letztlich etwas Vernünftiges hat – sondern um eine unerklärliche Schwärze, die auf manchen von ihnen lastet, in denen sich nicht einmal etwas besonders Trauriges oder Schreckliches (jedenfalls vordergründig) ereignet, eine kompakte Schwärze, wie Stein, ohne jeden Spalt. In der Wirklichkeit ist mir das nie begegnet. Auf diese Schwärze gestoßen zu sein ist vielleicht der Grund, warum einer sich umbringt. Eine schwarze Tinte, die überall eindringt.

Februar

Schnee. Licht des Schnees im Zimmer. Ich erinnere mich an 1942, das große Titelblatt des *Moissonneur* von Gustave Roud, an das *Dragon* betitelte Prosastück und diesen einen Satz: »Rose öffnet das Fenster auf einen bleichen, vergessenen Schneefleck, streckt die Arme aus, schaudert ...«, der für mich damals wirklich der Schlüssel zu einer anderen Welt war.

März

Die Gedichte – wie kleine Laternen, an denen noch der Widerschein eines anderen Lichts glüht.

Vielleicht sieht man das Abendrosa an den Mauern nur im tiefsten Winter?

August

Die Plejaden. Wie ich dieses kleine Sternbild neulich nachts am Himmel suchte, ohne mich erinnern zu können, ob es im Sommer überhaupt mit bloßem Auge zu sehen ist, gingen mir in diesem Zusammenhang mehrere Dinge durch den Kopf. Zunächst ein Satz von Ungaretti, aus *Un Grido e paesaggi,* aus dem Kommentar zu einem kleinen Gedicht: *Mi soffermai poi a guardare Pleiadi, la recente raccolta di frammenti di lirica greca ...,* ganz beziehungslos auf den ersten Blick; dann eine weiter zurückliegende Erinnerung an diesen Begriff im Zusammenhang mit den Hyaden und dem Regen, vielleicht bei Vergil, eine Stelle aus der *Georgica* in der Übersetzung von Chappaz, oder in einem Prosastück von letzterem; endlich die – zentralere – Erinnerung an mein bewunderndes Erstaunen, als ich dieses Sternbild zum ersten Mal sah, wie eine kleine Weintraube oder ein Ohrgehänge (was mich auf einmal unweigerlich an jene Zeile aus der *Cantate à trois voix* von Claudel denken ließ, die ich vor einiger Zeit noch auswendig gewußt hatte: »Unversehens am schönen nackten Hals, am kleinen Ohr, das Blitzen eines Diamanten ...«; und etwas davon mußte ja auch in meinem freudigen Schauen gewesen sein, die Beziehung des Juwels zur weiblichen Haut, zum Hals, zum Haar; jedoch ohne daß das Erstaunen vor der ungeheuren Entfernung, vor dem Abgrund des Nachthimmels hätte vergessen werden können; im Gegenteil.)

Wie um diese Empfindung noch zu vertiefen, stoße ich kurz danach auf das, was Miller im *Koloß von Marussi* über dieses selbe Sternbild schreibt.

*

T. Der Vollmond zwischen den hohen Stockrosen am rosafarbenen Himmel. Schwarze Masse des Berges mit seinen Geräuschen. Junge Pappeln. Linien der Bergkämme – Glocken der Herden, Steine, Stille. Wunderbare Nacht.

September

Mehrere Alpträume hintereinander. Dann gegen fünf Uhr erwacht; mein Erstaunen vor der Winternacht, Orion und sein Sternnebel wie ein Nebelfleck, Sirius beinahe blendend. Meine Empfindung in jenem Moment: wozu, was sollen mir diese Geschmeide, usw.

*

Mozarts Klavierkonzert, KV 488. Das Adagio scheint mir dem Bereich der Gestirne anzugehören, vergleichbar nur diesen Spätsommertagen und diesen Nächten, beide reglos, still, geläutert – wie zur höchsten Höhe emporgehoben.

Oder ein Wasser, vor dem die Felsen sich auftäten.

Oktober

Wirkliche, wahre Dinge, ja, doch fern und beinah unmöglich zu fassen, fremd – unverdient vielleicht? Dinge, die weniger als früher mit dem Alltag vermischt sind, die zur Ausnahme wurden, fast zu Luftspiegelungen – und doch die einzigen, die einen wieder Geschmack finden lassen am Schreiben, die ein Antrieb sind, wieder zur Feder zu greifen. Schon fast verlorene Dinge, eher vergangen als zukünftig – und das lähmt. Kaum hat man versucht, sie auszudrücken, haben sie sich einem schon entzogen, sind verstummt, man hört sie nicht mehr, wie könnte man sie da noch in Worte fassen?

*

Noch etwas hätte ich gern gesagt,*
aus Dankbarkeit, oder einfach aus Freundschaft
(eine Stimme hatte mich erreicht, und ich hörte ihr zu,
ich wollte eben antworten; sie ist verstummt).
Es noch einmal versuchen, auf Klarheit hier
bestehen? Das tun die Stockrosen beredter;
dort, wo ich nicht mehr weiter weiß;
wenn ich, was mir vor Augen steht, verfehle.

Sie sagen, wie in jener Nacht der Wind war und die
Pappeln
(und jene hingestreckte auch: der Bach)
und wie die Luft an ihrem Farbhauch trank.
Wie es fast schien, als trügen sie in seinem rosa Staub den
die Waldung auch, die hoch am Abhang raunte
(die Waldung wie ein Bär);
und etwas ferner, höher, jenes reine Dach,

* Dieser Text bezieht sich auf einen Besuch bei André du Bouchet, der in einem benachbarten Seitental wohnt. (Anm. d. Ü.)

den stillen Bergkamm dort, sein Schieferschwarz,
an dem der Himmel silbriger erschien.

Mit Duft und Blütenblättern sprechen sie statt meiner,
mit ihren spröden Schäften schon,
vor denen mir das Wort entzogen wurde.
Die Stelle zu betreten bin ich nicht mehr wert,
kann hier nicht bleiben, leben.
Zu weit entfernt von ihnen bin ich längst,
des blinden Maulwurfs Nachbar.

November

Wieder an Griechenland denkend: wie könnte es einen erstaunen, daß Antigones Abschied vom Licht so herzzerreißend ist und daß man dort in der Dichtung einen geliebten Menschen »Licht meiner Augen« nennt? Nirgendwo sonst habe ich eine dem Kristall verwandtere Klarheit gesehen, ohne jede Kälte.

*

Wie die Blätter, gelb oder rosa oder purpurn, sich eines nach dem andern plötzlich in beinahe regelmäßigen Abständen lösen und lautlos und gelassen fallen, das Licht vermehrend. Etwas, dessen wir nicht fähig sind.

*

Cheminements, Aufzeichnungen von Jacques Masui, nach seinem Tod von Jourdan ausgewählt.

In unserer Zeit gibt es nicht einmal mehr Platz für einen Aufschrei der Revolte. Wer außer einigen wenigen würde ihn hören? Es ist fast nicht mehr möglich, zu den Menschen zu sprechen. Alles hat seine Zeit gehabt. Man muß sich zum Schweigen entschließen, aber nicht aufgeben. *Weiterhin in sich der*

Bewegung folgen, die einen vorwärts trägt. Das flackernde Licht, das uns leuchtet, muß weiter brennen. Das Wunder: zu sein – kann uns nicht fortgenommen werden, wir müssen uns ihm bis zum letzten Atemzug hingeben. (14-7-1960)

Unsere Zeit muß uns zur völligen Verneinung führen ... doch indem sie so auf das Hindernis stößt, welches das Absurde zu sein scheint ..., bietet sie, in der äußersten Verneinung, einigen Menschen die letzte Chance, den Weg in das verheißene Land wiederzufinden: den einer wahren Sicht der Dinge (20-11-1960).

Wenn es eines Tages eine wirkliche Geographie des Heiligen geben wird, werden wir vielleicht erfahren, warum manche Wiesen, manche Seitentäler, manche Felsen, die man sich im Geiste heraufruft und in früheren Zeiten ganz konkret oder im Traum gesehen hat – von einer Botschaft glänzen, deren Wirkungen wir wohl spüren, aber nicht ausdrücken und noch weniger definieren können (Mai 1961).

Diese Fragmente stimmen offensichtlich mit dem Besten, dem am wenigsten Zweifelhaften von mir überein; das letzte könnte als Motto für fast alle meine »Landschaften« dienen; doch fehlt hier alles, was sie bedroht oder sie zerbricht.

*

Beim Erwachen der Schnee, wie er die Landstraße entlangeilt, fortgefegt von einem jähen, heftigen Wind.

Das Licht um acht Uhr in der Küche, auf dem Tisch mit seinem blau-weiß karierten Wachstuch, der Widerschein des Schnees. Einen Armvoll dieser lichten Spröde pflükken und erschauern vor Kälte und Glück.

*

Noch kaum Morgen, noch kaum Licht auf dem Tisch in der Küche; Morgengrauen und Nachtkälte: ihr Schiefer noch kaum sich blätternd, so wie man auch selbst noch kaum wieder Leben besitzt; es liegt eine tiefe Freude in dieser dürftigen Frühe verborgen, in diesem Tagwerden, das eher ein Widerschein des Schnees ist, ein langsames und lautloses Zurückweichen der Dunkelheit. Das Brot des Tages. Man ist also noch einmal geboren? Noch einmal gelandet?

1979

Januar

Eine sehr schöne Erzählung von Stifter, *Der Hagestolz,* in einer gewiß vollkommenen Übertragung. Wie im *Nachsommer* hat man den Eindruck, ein zugleich wirkliches, vertrautes und übernatürliches Sonnenlicht erhelle diese Seiten.

*

Mit den posthumen Sonaten von Schubert geht es einem ähnlich: eine Sprache, die zugleich ganz nah und unendlich weit entfernt ist, eine Verflechtung von Stimmen auf verschiedenen Ebenen und immer wieder auf eine andere hinüberwechselnd, eine dunkle Ader der Melancholie in der lautersten Luft.

April

Blühende Quittenbäume hinter dem Granier-Gehöft. Vier oder fünf in einer Reihe, einer immer etwas kleiner als der andere (woran wohl der Wind schuld ist). Werde ich eines Tages herausfinden, was ihre besondere Schönheit ausmacht, und sie sagen können, diese Schönheit, die nicht diejenige irgendeines Obstbaumes ist, wenn er in Blüte steht, und die mir jede andere zu übertreffen scheint?

Mai

Jene gartenartige Umfriedung, wo das Gelände der »Brunnen« beginnt: längs eines unsichtbaren Bachs erstreckt sich dort ein Raum, zwischen Hecken von Gestrüpp, von zwei Reihen enger Steineichen unterteilt, grasüberwachsen; eine Welt aus Grüntönen, von Hell bis Tiefdunkel. Der Gesang der Nachtigallen darin. Das dreifach Fließende (des Gesangs, des Baches und des jungen Laubes). Man könnte meinen, dies läge außerhalb der Welt, ganz verloren; ja, aber auf wunderbare Weise verloren, zugleich bewahrt. Ein Reservat, ein Vorrat. Schlicht, doch in Plotins Sinn: »Wie von dem sprechen, was ganz einfach ist?«

*

Die großen schwellenden Rosen, deren Farbe in der lau gewordenen Luft fast zu Tränen rührt. Mauersegler wie abgeschossene Pfeile, wucherndes Laub. Die Blüten der Kastanien, aus der Nähe gesehen: eigenartig, beinahe orientalisch, Insekten mit Nadeln zu Pyramiden zusammengesteckt, die rosa und weiß leuchten.

Schuberts *Impromptus*, gespielt von Schnabel; der Klang, sein Atem, die Linien, die er in den inneren Raum zeichnet, wie ein Vorbild. Dies flüchtig zu gewahren ist dir gegeben. Ein Trugbild? Nein, denn es existiert ja; dies ist der Grundriß des Tempels, den Hölderlin im Alter entwarf, das Modell einer inneren Architektur. Klangrose, die sich bei jedem Hören auftut.

*

Eine lange grüne Ringelnatter, reglos im Geäst, mit winzigem Kopf, starrt uns an.

Etwas weiter, ein paar Grundstücke: umfriedet verwildernd. Eine hohe Mauer in der Sonne, aus gelben Steinen, efeubedeckt; jenseits, die Wipfel von kleinen Eichen, der blaßblaue Himmel. Das Glück, dies zu sehen: die Sonne auf dem warmen Stein, den »Garten«, den man dahinter errät; wo Iris wachsen, in einer Reihe – die Spur von jemand, der diesen heute verlassenen Ort einmal gepflegt hat. Und der Rankenbogen des Heckenrosenstrauchs – weiß, mit einem Anflug von Rosa – vor jener Mauer, seine Anmut. Steine, miteinander verknotet durch den glänzenden, jungen, kräftigen Efeu, der ruhig darüberhinwächst.

Am Rand des Pfades die Waldrebe mit ihren gelblichen Trichtern: eine eher bizarre als schöne Blume, fast blutlos-bleich.

*

Das Wort »joie«, »Freude«: sich die Zeit nehmen, dieses Wort zu denken. Überrascht, daß es mir plötzlich wieder in den Sinn kommt.

*

Die Heckenrose, als hätte sie sich nur flüchtig niedergelassen auf ihren gebogenen, wirren Ranken, ihre kindliche Frische und Leichtigkeit.

Juli

Sternstaub, Wolke der Milchstraße. Schließt man die Augen: das Lärmen der Grillen wie von Schlittenglöckchen, oder eher wie das Echo auf der Wiese vom Geläut trockener Samen in ihren Schellen. Blasse Farben, rosa, grau und blau, Stroh- und Malventöne.

August

Purcell-Konzert in der Saint-Florent-Kirche in Orange. An der Steinwand gibt der Schatten des neoklassizistischen Altars (zwei korinthische Säulen, ein Baldachin, den eine Art Helmbusch überragt) für die Szenenmusik der Dido das ideale Dekor ab; ähnlich den Häfen von Claude Lorrain. Man wäre nicht überrascht, zwischen den Schatten dieser Säulen, den Schatten ihrer schmerzlichen Gestalt sich aufrichten zu sehen.

*

Heute morgen trotz der Hitze ein allererstes Vorzeichen des Herbstes, das bißchen Nebel fern in den Falten der Hügel und der Felder. Die Grasmücke mit ihrer weittragenden Stimme ist noch da, zwischen Akazie und Linde. Orpheus im sommerlichen Garten. Auch von ihr könnte man sagen, daß sie mühelos von einem Reich ins andere hinüberwechselt; werde ich je fähig gewesen sein, ihr zu folgen?